お髷番承り候九

登《とう》竜《りゅう》の標《しるべ》

上田秀人

徳間書店

目次

主な登場人物

深室賢治郎《みむろけんじろう》　お小納戸月代御髪係、通称・お髷番。風心流小太刀の使い手。かつては三代将軍家光の嫡男竹千代（家綱の幼名）のお花畑番。
三弥《みや》　深室家の一人娘。賢治郎の許婚。
深室作右衛門《みむろさくえもん》　深室家当主。留守居番。賢治郎の義父。
徳川家綱《とくがわいえつな》　徳川幕府第四代将軍。賢治郎に絶対的信頼を寄せ、お髷番に抜擢。
浅宮顕子《あさのみやあきこ》　伏見宮第十代当主・貞清親王の娘で、家綱の御台所。
順性院《じゅんしょういん》　家光の三男・綱重の生母。落飾したが依然、大奥に影響力を持つ。
新見備中守正信《にいみびっちゅうのかみまさのぶ》　甲府徳川家の家老。綱重を補佐する。
桂昌院《けいしょういん》　家光の四男・綱吉の生母。順性院と同様、大奥に影響力を持つ。
牧野成貞《まきのなりさだ》　館林徳川家で綱吉の側役として仕える。
徳川頼宣《とくがわよりのぶ》　紀州藩主。謀叛の嫌疑で十年間、帰国禁止に処されていた。
三浦長門守為時《みうらながとのかみためとき》　紀州徳川家の家老。頼宣の懐刀として暗躍。
阿部豊後守忠秋《あべぶんごのかみただあき》　老中。かつて家光の寵臣として仕えた。
堀田備中守正俊《ほったびっちゅうのかみまさとし》　奏者番。上野国安中藩二万石の大名。
一郎兵衛《いちろべえ》　黒鍬者一組頭。江戸城下の道の保守管理、行列差配が任務。

第一章　小物の夢

一

人は欲で動く。

金、女、地位、名誉、物品、なにか欲しいものを持った男の前に、望むものをぶらさげてやれば、ためらいはなくなる。

館林《たてばやし》藩主徳川綱吉《とくがわつなよし》の側室お伝《でん》の方に繋《つな》がる黒鍬者《くろくわもの》が、小納戸《こなんど》月代御髪《さかやきおぐし》係《がかり》深室賢治《みむろけんじ》郎《ろう》の屋敷を取り囲んでいた。

「もう一度念を押す。身元の知れるようなものは持っておるまいな」

黒鍬者一組頭一郎兵衛《いちろべえ》が五人の配下に確認した。

「大丈夫だ」

「財布は置いてきた。というほど入っていないがな」

配下たちが笑いながらうなずいた。

「……そうか」

一郎兵衛が一同を見回した。

「できるだけ助ける。だが、取り残されたときは……」

最後まで一郎兵衛は言わなかった。

「わかっている。己の始末くらいできるわ」

「安心せい。生きて捕らえられるようなまねはせぬ」

決意の籠《こ》もった声で、配下たちが応じた。

「よかろう。では、こえるぞ」

一郎兵衛が開始を宣した。

「おう」

一人が塀に手を突き、腰を折って台になった。

「すまんな、半蔵《はんぞう》」

詫《わ》びた黒鍬者が半蔵の背中を踏み台に、塀を登った。

「…………」

登った黒鍬者が屋敷の敷地を見渡し、手を挙げた。

「続け」

一郎兵衛が指示した。残っていた四人が塀を登った。

「来い」

最初に登った黒鍬者が手を伸ばし、半蔵の腕を摑《つか》んだ。

「すまぬ。三郎《さぶろう》」

持ちあげられるようにして、半蔵も塀をこえた。

「寝静まっているな」

一郎兵衛が気配のない屋敷に口をゆがめた。

「矢地介《やちすけ》、雨戸を」

「任せよ」

黒鍬者の一人が、懐《ふところ》から薄い鉄の板を出し、雨戸と敷居の隙間《すきま》に差しこんだ。

「……七弥《しちや》、頼む」

「うむ」

鉄の板をこじた矢地介に言われた七弥が雨戸を両手で支えた。

「よし」

合図で三郎が雨戸を外した。

「…………」

すばやく半蔵が縁側にあがった。左右へ目を配った半蔵が無言で手招きをした。

「三郎は残って退路の確保をせい」

「待ってくれ。小納戸を殺した者におぬしの後の頭役が与えられるのだろう。ここに居残っていたのでは、最初から吾《われ》は外れることになる。百俵の加増をみすみす逃す気はないぞ」

一郎兵衛の命に三郎が抗《あらが》った。

「ううむ」

当然の要求に一郎兵衛がうなった。

黒鍬者は貧しい。幕府における中間《ちゅうげん》のようなもので、士分ではなかった。江戸の城下の辻《つじ》の整備を任とし、年中裸足《はだし》、雨でも傘を差すことは許されない。禄も十二俵一人扶持《ぶち》と、同心の半分もないのだ。貧しいといえば、これほど貧しい幕府役人はいなかった。ただし、頭になると百俵加えられ、城中台所前廊下に席が与えられる。ただの黒鍬者と頭では雲泥の差があった。

この襲撃は、小納戸を討つことで館林の藩士として抱えられる一郎兵衛の後釜《あとがま》を決める儀式でもあった。

「しかし、逃げ口を確保するのも重要な役割だぞ」

一郎兵衛が説得を試みた。

もともと乱世における山師、普請方《ふしんかた》を祖とするのが黒鍬者であった。有名なところで武田信玄《たけだしんげん》の戦《いくさ》を支えた甲州金山を発見、開発した甲州黒鍬者、土木工事で山城を崩した毛利元就《もうりもとなり》の金山衆などがある。どちらにせよ、敵にしてみれば邪魔でしかたのない相手である。当然、狙《ねら》われやすい。また、槍《やり》や刀を持つ武勇とは関係ないのだ。うかつに城へ近づいて、穴でも掘ろうものなら、あっさり迎撃されてしまう。

黒鍬者が逃げ道をいつも確保しておこうとするのは、生き残るためであった。

「ならば、組頭が退《の》き口確保をなされよ」

三郎が言った。

「吾がおらぬと、統率がとれまい」

一郎兵衛が懸念を表した。

「統率など要《い》るまい。要は小納戸の首を獲ればいいだけだろう」

半蔵が雨戸から顔を出した。

「そうじゃ。城の土台を崩すために山を削るわけでもなし。手を取り合わずともできようが」

　矢地介が同意した。

「待て。一対一で討ち取れるほど甘い相手ではないぞ。あの順性院《じゅんしょういん》付きの用人でさえ勝てなかったのだ」

　一郎兵衛が注意を喚起した。

　三代将軍家光《いえみつ》の側室で甲府《こうふ》宰相綱重《つなしげ》を産んだ順性院は大奥を出て桜田の御用屋敷にいた。その用人をしていたのが、先日賢治郎によって討たれた山本兵庫《やまもとひょうご》である。黒鍬者は、一度順性院を水死させようとして橋桁《はしげた》に細工し、濠《ほり》に落としたことがあった。なんとか山本兵庫が間に合い、順性院は助かった。が、その恨みは山本兵庫をつうじて、黒鍬者に向けられ、何人もの仲間が殺されていた。

「…………」

　五人の配下が黙った。

「一対一ではし損じるやも知れぬ」

　もう一度一郎兵衛が言った。

「どうだ」

　三郎が一同を見回した。

「力を合わせるのはいいが、褒賞は一人だけしか与えられぬのだぞ」

矢地介が難しい顔をした。

「くじにするか」

ずっと黙っていた一人が口を開いた。

「くじか……それがよいな」

一郎兵衛がのった。

「いや、よろしくはなかろう」

三郎が首を左右に振った。

「それでは、なにもしなかった者に当たるやも知れまい。小納戸に一太刀《ひとたち》浴びせた者、とどめを刺した者、隙を作った者らと、後ろで見ていただけの者を同一に扱うのは、反対じゃ」

「一理あるの」

矢地介が首肯《しゅこう》した。

「ううむう」

一郎兵衛が困惑した。

「では、こうしよう。五人の入れ札だ。この者が功績一番だと思う者の名前を書け。

それを吾が見て、もっとも札の多かった者を推す」

「己の名前を書くだけだぞ」

半蔵が言った。

「それは許さぬ。入れ札には、それぞれの名前を記しておく。その上で別人の名前を書く。もちろん札は、吾だけしか見ぬし、用が終われば焼く」

自薦の道を一郎兵衛が潰《つぶ》した。

「それならばよいかの」

三郎が最初に納得した。

「よろしいだろう」

皆も認めた。

「では、気を付けていけ。吾はここに残るゆえ、なにかあったらすぐに来い。もちろん、各個で逃げてもよい。ただし、いつまでもここに残るわけではない。最初の一人が逃げ出してから五十を数える間だけ、退き口は死守する。それ以降は、知らぬ。もちろん、これはことの成否にかかわらずだ」

全員で生きて帰るなどというきれいごとを一郎兵衛は口にしなかった。

「わかった」

「承知」

「では、行け」

首を縦に振った配下たちに、一郎兵衛が指示を出した。

二

どれほど貧しい御家人《ごけにん》であろうとも、一家の主《あるじ》には一間が与えられる。三室しかない伊賀者同心の組屋敷でさえ、当主は一人で一間を使う。屋敷の間取りに余裕があれば、続いて嫡男にも一室が割り当てられた。

深室家の婿《むこ》養子である賢治郎も専用の部屋をもっていた。もちろん、許婚《いいなずけ》である家付き娘の三弥《みや》とは別室どころか、別棟であった。

賢治郎の部屋は中庭に面してはいるが、北側にあり、広さも当主の作右衛門《さくえもん》に比べると半分ほどと狭いものであった。

「……なんだ」

寝入っていた賢治郎は、屋敷のなかの空気が変わったような感じを受けて目覚めた。

「侵入者か」

賢治郎はすばやく身を起こした。

四代将軍家綱《いえつな》の小納戸である賢治郎は、もともとお花畑番であった。

お花畑番とは、将軍世子の遊び相手として名門旗本の子弟から選ばれる、いわば将軍世子の幼なじみであった。三歳から十歳くらいまでの幼い子供たちが集まっている様子から、お花畑と称されていた。

朝から晩まで家綱と共にいるのがお花畑番の任である。小さいときから家臣の子供たちを側《そば》に置くことで、家綱は人の使いかたを学び、お花畑番に選ばれた者たちは、物心ついたころから仕えることで、忠誠を身体《からだ》に染みつかせる。

交代で江戸城に泊まりこむこともある。どころか、家綱の希望があれば、同じ夜具にくるまって寝るときもあるのだ。お花畑番は、将軍世子最後の砦《とりで》であった。

「和子《わこ》さまのお身代わりをいたせ」

亡くなった賢治郎の実父多門《たもん》は、口癖のように言い聞かせていた。

「室内では、太刀よりも小太刀が扱いやすい」

家綱の警固でもあるお花畑番が、刀を抜くのは城内にまで敵が侵入したときだけ。徳川家康《いえやす》が天下を統一して七十年余り、戦いはなくなって久しい。もう、叛旗《はんき》を翻す大名などどこにもいない。家綱に危機が迫るとなれば、刺客しか考えられない。こうして賢治郎は多門の命により、室内での戦いを想定した修行をつまされた。

刺客はひそかに近づいてくる。それを察知できなければ、警固の意味がない。

「閉めきった家の扉を、窓を開けたとき、ほんのわずかながら空気が動く。これほど静かにおこなっても、消すことはできないのだ」

賢治郎の師巌海《がんかい》和尚《おしょう》の教えである。

「わかりやすく言うとだ。冬を考えろ。外は雪が降るほどの冷え。対して家のなかは火をたいているおかげであたたかい。そのとき、扉を開ければどうなる」

「なかが冷えまする」

問われて賢治郎は告げた。

「そうだ。では、なぜなかが冷える」

「えっ……」

当たり前のことをあらためて訊《き》かれた賢治郎が戸惑った。

「冷えた外気が入ってくるからであろうが」

巌海坊があきれた。

「空気が入ってくる。これは風が起きると同じ。外から冷たい空気が家の中に入ってくる。となれば、その風で空気が動き、襖《ふすま》や障子が揺れる」

「なるほど。閉めきった部屋の襖や障子が揺れる。それは、誰かが扉か窓を開けた証《あかし》」

「そうだ」

賢治郎の答えに、巌海坊が首肯した。

その教えが生きた。

「師の言われたとおりであったな」

賢治郎は脇差《わきざし》を抜いた。

わずかな揺れだったが、賢治郎は襖がほんの少しだけ揺れたのを感じ取っていた。

「厠《かわや》へ誰かが行った感じではないな」

母屋《おもや》にある厠を使えるのは、当主夫妻と三弥、そして賢治郎だけである。家臣や女中たちは、雨が降っていようとも雪が積もっていようとも、外にある厠まで行かなければならない。なにより、厠ならば気配を消す理由がなかった。

賢治郎は、四面のどこからでも不意を突かれないよう部屋の中央に立ち、相手を待った。

「…………」

先頭を進んでいた三郎が足を止め、無言で襖を指さした。

「…………」

やはり声を出さず、矢地介がうなずいた。

三郎が襖の取っ手に手をかけ、一同の顔を見た。

無言の問いかけに、一同が首を縦に振った。

「行くぞ」

勢いを付けて襖が開いた。

「……ちっ」

飛びこもうとした三郎が、仁王立ちの賢治郎に気づいて、舌打ちした。

「どうした……あっ」

「気づかれていた」

続いて部屋のなかを覗《のぞ》きこんだ矢地介、半蔵も驚きの声をあげた。

「くせ者じゃ、出会え」

賢治郎は大声を張りあげた。

「まずい。人が集まるまでに片を付けるぞ」

矢地介が手にしていた短刀を抜いた。

「おまえが仕切るな」

文句を言いながら、半蔵も刃物を出した。

「牽制《けんせい》を任せた」

七弥が飛びこんだ。

「先走るな」

あわてて三郎たちも続いた。

「息が合っていない」

その様子に賢治郎は首をかしげた。

刺客というのは困難な仕事である。目標の人物を確実に仕留めなければならないのだ。一対一では相手を逃がすこともあるゆえに、難易度は高くなる。当然、複数で襲えば、相手の逃げ道をふさげるだけでなく、手こずる要素も減る。ただし、これは刺客同士の連携が取れていた場合の話であった。

「何者だ」

冷静に賢治郎は誰何《すいか》した。

「名乗るわけなかろう」

三郎が鼻先で笑った。

「名乗れぬか。己でも疚《やま》しいことをしているという意識はあるのだな」

賢治郎が嘲弄《ちょうろう》した。

「黙れ」

嘲《あざけ》られた三郎が激した。

「馬鹿、さっさとやれ。人が来る」

矢地介が叱った。

「おう」

言われて我に返った三郎が小刀を振りかぶるようにして間合いを詰めてきた。

「…………」

賢治郎は半歩退《ひ》いた。

襖の外から長い刀や槍で突かれてはまずいと部屋の中央にいたのだ。その懸念がなくなれば、狭い部屋でも縦横に使える。

「くそっ」

目標としていた賢治郎に下がられたため、三郎の腕と足が伸びきってしまった。

「逃がすか」

あわてて追撃しようとした三郎に向かって、賢治郎は出た。

「え……」

一度逃げた相手が迫ってきた。三郎が予想外の動きに戸惑った。

「ぬん」

小さな気合いで賢治郎は脇差を振った。

「なんの」

三郎が小刀で受けようとした。しかし、賢治郎が近づいたため、脇差の重さを受け止めるには、肘《ひじ》の伸びが足りなかった。

「あっ」

小刀が三郎の手から落ちた。

「…………」

そのまま賢治郎は脇差を突きだした。

「なんで」

胸骨を貫いた脇差を見下ろして、三郎が泣きそうな顔をした。

「馬鹿が」

「よし」

舌打ちした半蔵と、喜んだ矢地介が脇差を三郎に押さえられたような形になっている賢治郎へ迫った。

「はあ」

作った隙である。あっさりと罠《わな》にかかった二人に、賢治郎は嘆息しながら対応した。

「おうりゃあ」

近かった半蔵の腹を蹴り飛ばし、少し遅れた矢地介に脇差の鞘《さや》を投げつけた。

「ぐえっ」

胃のなかのものをはき出しながら、半蔵が吹き飛んだ。

「痛い」

顔面に鞘をぶつけられた矢地介が呻《うめ》いた。

「えいっ」

顔に手を当て、視界を自ら塞《ふさ》いだ矢地介に、三郎から抜いた脇差を賢治郎は振るった。

「ぎゃあああ」

顔を覆っていた右手を骨まで裂かれて、矢地介が絶叫した。

「このていどで悲鳴をあげるとは、伊賀者ではないな」

何度か戦ったことで、賢治郎は忍《しのび》の我慢強さを思い知っている。

「まずい」

「ああ」

残った七弥ともう一人の黒鍬者の腰が引けた。

「命あってのものだねだ」

「退くか」

二人が背を向けた。

「ま、待ってくれ」

残された半蔵が、腹を押さえながら後に続いた。

「……わああ」

傷つけられた右手を抱えて、転がっている矢地介に近づいた賢治郎は、脇差の切っ先を擬した。

「名乗れ」

「………………」

尋問に矢地介は口を閉じた。

「言わぬならば死んでもらおう」

賢治郎は脇差をさらに矢地介に近づけた。

「………………」

矢地介は沈黙を守った。

「そうか。残念だな。もっとも死体が二つもあれば、身元を探るのはさほど難しい問題ではない。目付《めつけ》に届ければ、しっかりと調べてくれよう。そして知られれば……一族郎党連座だ」

冷たく賢治郎は告げた。いい加減、襲われることになれていた。

「目付……」

腕の痛みを忘れさせるほどの威力があったのか、矢地介が震えた。

目付は旗本の監察を任としている。もとは戦場で卑怯な振る舞いをしていないかどうかを見る軍目付に端を発するだけに、その権《その》は大きい。浪人の謀叛《むほん》であった由井《ゆい》正雪《しょうせつ》の乱を受けて、大目付の力が大きく削《そ》がれたぶん、目付が強くなっていた。老中、若年寄でも相手に取れ、将軍へ直訴することもできた。

また、目付は、実の父親が過去に犯した罪を暴き出し、切腹にまで追いこんだという話もあるほど苛烈《かれつ》であった。

「だが、話したところで助かるわけもない」

矢地介がうつむいた。

「阿部《あべ》豊後守《ぶんごのかみ》さまに庇護《ひご》を願ってやるぞ」

「ご老中さまにか」

賢治郎の誘いに、矢地介が顔をあげた。

老中阿部豊後守は、亡くなった三代将軍家光の寵臣《ちょうしん》であった。家光の嫡男四代将軍家綱の傅育《ふいく》を任され、代替わりの後も執政として力を振るっていた。

「そなたの家族が救えるかどうかは、わからぬがな。逃げた連中がどれだけ酷薄かによろう」

「ううっ」

腕ではなく、心の痛みに矢地介が頬《ほお》をゆがめた。

「仲間を信じて、黙って死ぬのも一つだぞ」

すっと賢治郎が一歩矢地介に寄った。

「…………」

一瞬矢地介が思案した。

「我らは黒鍬一組の者だ」

矢地介が落ちた。

外れた雨戸の外で周囲を警戒していた一郎兵衛は、賢治郎のあげた「くせ者じゃ。出会え」の叫びに、動揺した。

「見つかった……なにをしている」

一郎兵衛が手にした短刀を鞘から抜いた。

「さっさと仕留めてしまえ」

目は周囲に、耳は雨戸の奥に集中させ、一郎兵衛が待った。

「逃げるぞ」

しばらくして七弥が外された雨戸のところから飛び出した。続いてもう一人が出てきた。

「やったのか」

「駄目だ。待ち伏せされていた」

七弥が首を左右に振った。

「待ち伏せ……そんな」

一郎兵衛が絶句した。

「……他の者は」

「三郎は死んだ。矢地介も斬《き》られた。半蔵は腹を蹴られていた」

七弥が述べた。

「矢地介と半蔵を見捨てたのか」

「どうせいと。怪我人《けがにん》を抱えていては、こちらも逃げ出せぬ」

咎《とが》める一郎兵衛に、七弥が言い返した。

「むうう」

一郎兵衛が言葉を失った。

「それよりも逃げるべきだろう」

七弥が急《せ》かした。

「まだ五十数えていない」

約束のときはまだだと一郎兵衛が拒んだ。

「冗談ではない。そんなことをしていれば、こちらまでやられてしまう。我らは先に行かせてもらう」

七弥ともう一人の黒鍬者が塀へ向かって駆けだした。

「ちっ。大声で引き留めるわけにもいかぬ。しかし、仲間を見捨てて逃げるとは。黒鍬者とも思えぬ」

一郎兵衛があきれた。

深い山へ入り、鉱山を探すのも黒鍬者の仕事である。もちろん、一人でできることではなく、何人かで組んで山に入る。山は人の住むところではない。断崖、崩落、毒蛇、熊に狼と危険がいっぱいある。助け合わなければ、生き残れないのだ。当然、山を仕事の場としていた黒鍬者は、互いの命を預けあって来た。その黒鍬者が、怪我をした仲間をあっさりと見捨てて逃げ出した。

「組へ帰れば、ただではすまさぬ」

不満を一郎兵衛は口にした。

「誰か来る」

廊下に足音が響いた。

「敵か。気配を隠そうともしていない」

黒鍬者ならば、逃げるにも目立つようなまねをするはずはなかった。

「…………」

短刀を一郎兵衛が構えた。

「置いていかないでくれ」

出てきたのは半蔵であった。

「大丈夫か」

よたついている半蔵に一郎兵衛が手を貸した。

「吾で最後だ。三郎は死に、矢地介は小納戸に取り押さえられた」

半蔵が報告した。

「走れるか」

「全力は出ぬ」

みぞおちのあたりを渾身《こんしん》の力で蹴られたのだ。呼吸さえままならない半蔵が、頭《こうべ》を垂れた。

「肩を貸してやる」

一郎兵衛が半蔵を支えた。

「行くぞ」

二人の黒鍬者が、逃げ出した。

賢治郎の部屋へ最初に駆けつけてきたのは、家士であった。六百石の深室家には、士分の家士が四人いた。そのうちでもっとも若く、独り者ゆえ屋敷内に住んでいた家士が、押っ取り刀で走りこんできた。

「なにがござった」

家士が部屋に入りかけたところで足を止めた。

「ひえっ」

床に倒れている三郎を見て、息を呑んだ。

「縄を持ってきてくれるように」

まだ婿養子ではない。賢治郎はていねいな口調で家士に頼んだ。

「な、縄でございまするか」

動転した家士が確認した。

泰平の弊害というべきかも知れなかった。本来戦場で相手を討ち、その首をあげることで生きてきた侍が、天下統一のお陰で戦わなくなった。生まれてこのかた血など見たこともないというのが当たり前になるどころか、うかつに真剣を鞘走らせれば咎められる状況にある。家士の反応はしかるべしであった。

だが、それを気遣っている余裕は、さすがの賢治郎にもなかった。

「こやつを縛らねばならぬ」

賢治郎が矢地介を示した。

「こいつ……くせ者」

ようやく座りこんでいる矢地介に気づいた家士が、柄《つか》に手をかけた。

「止《よ》せ。もう、抵抗せぬ」

賢治郎が家士を制した。

「血止めをしてやってくれ。その後逃げられぬように縛っておけ。拙者《せっしゃ》は出かけてくる」

「出かける……どちらへ」

家士が目を剝《む》いた。

「阿部豊後守さまのところでございますな」

夜着のままの三弥がいつのまにか廊下に立っていた。

「なんという姿をなさっているか」

賢治郎はあわてた。

「格好など、どうでもよろしゅうございまする」

三弥が家士を押しのけて、賢治郎の前に立った。

「お怪我はございませぬのか」

まず三弥は賢治郎の身体をなめ回すようにして確認した。

「……大事ございませぬ」

賢治郎は三弥の態度に戸惑いながらも答えた。

つい先日、賢治郎は三弥と仲違《なかたが》いしていた。戦いに巻きこまれ、命まで危なくなった賢治郎に、三弥が役目を退いてくれと願った。それに対し、家綱との絆《きずな》をなによりのものと考えた賢治郎は拒んだのだ。それ以降、三弥は賢治郎を避けるようになっていた。

「よかった……」

腰を抜かしたように、三弥が座りこんだ。

「三弥どの」

賢治郎はあわてた。

「あなたが無事で、本当によかった」

安心した三弥が涙を流した。

「…………」

賢治郎はなにも言えなかった。無言で賢治郎は三弥の肩に手を置いた。

「……なさらなければならぬことがございましょう」

しばらくして落ち着いた三弥が賢治郎を見あげた。

「はい。阿部豊後守さまのもとへいかねばなりませぬ」

賢治郎は首肯した。

「後始末でございますな」

「いかにも」

「お出でなさいませ」

あっさりと三弥が認めた。

家綱の寵臣とはいえ、賢治郎は深室家の婿でしかない。当主作右衛門あるいは、三弥の許しなく勝手なまねをするわけにはいかなかった。

「ただし、今宵《こよい》、わたくしの部屋までお見えくださいますよう」

厳しい声で三弥が要求した。

「わかりましてございまする」

賢治郎はうなずいた。

「お逃げなさいますな」

「決して」

念を押す三弥に、賢治郎は誓った。

三弥を説得した賢治郎は、身形《みなり》を整えて深室家を出た。

「顔さえ出さなかったな」

振り向いて屋敷へ目を遣《や》った賢治郎は、あれだけの騒動でありながら様子を見にさえ来なかった岳父作右衛門との仲が修復できなくなったことを知った。

三

深更を過ぎていたにもかかわらず、阿部豊後守は賢治郎の面会に応じた。

「屋敷にまで躍りこんできたか。黒鍬者も愚かにすぎる」

話を聞いた阿部豊後守があきれた。

「わかった。死体と怪我人は引き受けてくれる」

「かたじけのうございまする」

賢治郎は頭を下げた。

「黒鍬者ということは、桂昌院《けいしょういん》だな」

「館林公が命じられたと」

阿部豊後守の出した名前に、賢治郎は頬をゆがめた。

賢治郎は館林藩主徳川綱吉に目通りをしたことがあった。子のできない家綱の密使として、五代将軍候補として第一に甲府藩主綱重を、第二位に綱吉をとの意向を伝えに行ったことがあった。

「そのようなまねをなさるようなお方とは思えませせなんだ」

賢治郎は首を左右に小さく振った。

綱吉はすなおで兄家綱からの言葉を納得して受け止めていた。

「館林どのはな」

阿部豊後守が苦い顔をした。

「周りが我慢できなくなったのであろう」

「…………」

その意味するところをわかった賢治郎は黙った。

「主となるか、家臣になるか、この差は天地以上に大きい。とくに兄弟は難しい」

「……はい」

賢治郎も身につまされていた。

深室家の婿養子となった賢治郎は、もと三千石寄合《よりあい》旗本松平《まつだいら》家の三男であった。妾腹の出ではあったが、家綱のお花畑番に選ばれるなど、将来は約束されていた。しかし、それも父が死んで、兄が家督を継ぐまでであった。家督を継いで松平家の当主となった兄の主馬《しゅま》は、腹違いの弟賢治郎が将軍の寵臣となることを嫌い、さっさとお花畑番を辞させた。それだけではすませなかった。賢治郎を格下の深室家へ婿養子に出し、二度と己と比肩する地位にあがれないようにしたのだ。

兄とはいえ、家督を継いだ以上は当主であり、弟はその家臣になる。これは武家の決まり事であり、賢治郎は何一つ抵抗できなかった。

もっともそのお陰で、賢治郎は小納戸月代御髪になれた。

月代御髪は将軍の髷《まげ》を結《ゆ》うのが役目である。幕臣のなかで唯一刃物を持って家綱に近づけるだけでなく、頭や喉《のど》に当てることさえ許される。これほど信頼の置ける相手はない。

賢治郎はお花畑番を外されてから十年のときをこえて、ふたたび家綱の側に戻れた。三千石の松平賢治郎のままでは、五百石内外の旗本から選ばれる小納戸月代御髪になることはできなかった。賢治郎は、この点にかんしてだけ兄の主馬に感謝していた。

「己の仕えている主君が将軍になるかどうか。これも大きい。直臣《じきしん》となるか陪臣となるか。子々孫々まで影響が出る」

阿部豊後守が続けた。

将軍の家臣である旗本御家人は直臣と呼ばれ、大名や旗本の家臣は陪臣といわれた。直臣と陪臣の間には大きな壁があった。加賀の前田《まえだ》百万石で筆頭家老を世襲する五万石の本多《ほんだ》家でも、三十俵二人扶持の幕府同心に席を譲らなければならないのだ。あくまでも形だけではあるが、百万石の前田家当主と賢治郎の父作右衛門は、どちらも将軍の家臣として同格にあつかわれる。もちろん、諸太夫の格式などもあり、差がないわけではないが、同席できる。

「なにより、手に入る権が違いすぎる」

小さく阿部豊後守が嘆息した。

「天下の執政となるか、藩の家老で終わるか。これがどれほど違うか、わかるだろう」

「…………」

無言で賢治郎は首肯した。

幕府の老中は政《まつりごと》の頂点であった。すべての条や令は老中によって作成され、将軍の認可を経て効力を発する。将軍が直接令を出すこともないわけではないが、まず老中が天下を動かしている。

「たしかに天下を己が回しているという魅力は大きい」

三代将軍家光、四代将軍家綱と二代にわたって老中をしてきた阿部豊後守の言葉には、真実の匂いがした。

「加賀の前田であろうが、薩摩《さつま》の島津《しまづ》であろうが、その方と呼び捨てられる。それだけの力が老中にはある。誰もが頭を垂れ、一歩譲ってくれる。この気持ちよさは格別だ」

「はあ……」

経験のない賢治郎は、曖昧《あいまい》な返答をした。

「だがな、重みもすさまじい」

阿部豊後守の声音が変わった。

「余の一言で数百、数千の人が死ぬこともあるのだぞ。事実長四郎《ちょうしろう》はずっと後悔していた」

長四郎とは、阿部豊後守の盟友松平伊豆守信綱《まつだいらいずのかみのぶつな》の幼名である。阿部豊後守と松平伊豆守は、家光のお花畑番以来の同僚であった。

「伊豆守さまが、悔やんでおられた……」

予想していなかった一言に賢治郎は驚いた。

先年死去した松平伊豆守のことを賢治郎はよく知っていた。家綱の傅育として西の丸老中も務めていた阿部豊後守ほどではないが、お花畑番のおりには毎日のように会い、指導を受けていた。さらに月代御髪となってからは、家綱の寵臣としての心得などを松平伊豆守から教えられた。智恵伊豆と称されるほどの能吏であり、その政の確かさは天下に響いていた。

「寵臣とは、すべてを主に捧げられる者のことだ」

私欲なく幕政を担った松平伊豆守は、まさに寵臣であった。

寵臣は寵愛《ちょうあい》をくれた主君の死に殉じなければならない。他人も羨《うらや》む出世をした者の義務であった。だが、死の床にあった家光から殉死を禁じられた松平伊豆守は、命を惜しんだという世間の嘲笑をものともせず、家綱を支えた。その結果ついに身体を壊し、松平伊豆守は、ようやく家光のもとへ逝《い》けた。

「家綱を頼む」

その有り様は、まさに賢治郎の手本であった。

「そうだ。長四郎は悔やんでいた。島原の乱をな」

「島原の乱……」

九州の島原で始まった百姓一揆は、迫害されていたキリシタンたちの参加もあって、大坂の陣以来の騒動となった。

四万をこえる一揆勢は、廃城となっていた原城に立てこもり、幕軍と相対した。当初、圧政を敷いていた肥前唐津藩寺沢家、島原藩松倉家への反抗だと軽く考えていた幕府は、周囲の諸藩に出兵を求め、その大将として書院番頭の板倉内膳正重昌《いたくらないぜんのしょうしげまさ》を送りだした。

「板倉内膳正を行かせたのはまちがいであった」

なんとも言えない顔を阿部豊後守がした。

「いくら寺沢、松倉が正確な状況を報《しら》せてこなかったとはいえ、我らの判断が甘かった。最小の戦力で対応させようとした。上様の御世に謀叛など許されるものではない。百姓たちの不満が表に出た一揆とせねばならなかった。そうしなければ、家光さまのご威光が津々浦々まで及んでいないから叛乱が起こったとの嘲りがでかねなかった。そこで長四郎は、身分の軽い板倉を総大将にすることで、たいした話ではないと見せつけようとした」

「結果、兵を出した大名たちが、板倉どのの指示に従わなかったと」

阿部豊後守の意味するところを、賢治郎はしっかりと見抜いた。

「そうだ。書院番頭は将軍家の警固を任とする。板倉は高直しでやっと万石といった大名ともいえぬ軽輩である」

高直しとは与えられている領地が、新田の開発や作柄の変化などで収穫量が変わったときなどにおこなわれるものである。五千石が七千石になったなど、ほとんどの場合は増えるが、まれに減ることもあった。石高が武士としての格に繫がるため、実質よりも高く見積もってもらいたがる傾向が強かった。

「板倉は勇将であった。だが、配下の兵も少ない板倉の指示を大名たちは無視した。かってな先駆け、指示なく兵を退くなど足並みがまったくそろわない軍勢では戦いなどできようはずもない。当然、島原の乱は長引いた。これがまずかった。たかが一揆さえも治められないと評判になれば、他の地域でも幕府へ矛《ほこ》を突きつける輩《やから》が出かねないからだ」

阿部豊後守が苦虫を噛《か》みつぶしたような顔をした。

「慌てた長四郎は、自ら出陣し総大将になった」

「板倉どのの面目は丸つぶれでございますな」

賢治郎も嘆息した。

「そうだ。内膳正は長四郎が来ると聞いて、総攻撃を指示、その先頭に立って突撃し、眉間《みけん》を撃ち抜かれて討ち死にした。あたら有能な旗本を無駄死にさせてしまった」

言い終えた阿部豊後守が頭を垂れた。

板倉内膳正は、家康の出頭人として信頼された板倉勝重《かつしげ》の次男である。兄重宗《しげむね》は長く京都所司代を務め、幕府と朝廷の仲立ちを成功させた能吏であった。このままいけば内膳正もさらに立身し、幕政にかかわれたはずの人材であった。

「…………」

静かに賢治郎も瞑目《めいもく》した。

「執政衆の一言は、うかつになされてはならぬ。そして執政衆の失敗は、上様に及ばせてはならぬ」

「はい」

阿部豊後守の意見に賢治郎は同意した。

「だが、これは上様にたいしてのみの特例である。上様は天下人ゆえ、失敗は許されぬ。天下人はいつも公明正大でなければならぬ。これが揺らいだとき、泰平を崩すだけの名分が生まれる」

「…………」

「他は違う。配下のしたことへの責は、上が負わねばならぬ。これは決まりごとなのだ。人の上に立つ者は、責任を取るためにいるのだ。いざというとき、腹を切れる者だけが、人を遣える」

「では……」

賢治郎は阿部豊後守の意図するところを悟り、息を呑んだ。

「館林公には責任を取っていただく」

阿部豊後守が宣した。

「上様の弟君でございますぞ」

思わず賢治郎は口にした。

「敵じゃ」

はっきりと阿部豊後守が断じた。

「上様の邪魔をする者は、たとえ親子兄弟であろうとも敵」

「それは……」

ためらいもなく告げる阿部豊後守に、賢治郎は息を呑んだ。

「天下人は一人しかいない。あとはすべて家臣なのだ。そして家臣が天下人の座を狙うは、謀叛である」

「しかし、上様と館林公は……」

「敵である」

「………」

遮るようにもう一度告げた阿部豊後守に、賢治郎は言葉を失った。

「島津も前田も上様にとっては、なんの脅威でもない。叛旗を翻したところで、どういうこともない。すべての大名、旗本を動員すれば、百万石でも敵ではない。三カ月もあれば鎮圧できる。だが、館林、甲府は別だ。なにせ二人とも三代将軍家光さまのお子さまである。一つまちがえれば、将軍となってもおかしくない。わかるか、お二人血筋は正しいのだ。そこに希望を見いだす者、価値を認める者がいる。そう、お二人には大名、旗本が従うだけの正統がある」

「正統……」

「そうだ。天下人の条件はただ一つ。家康さまの血を引いていること。いや、家光さまのお血筋であることだ」

「家光さまの嫡男は、家綱さまでございまする。ご嫡男こそ正統」

「嫡男が正統とは言えぬ。徳川はな」

阿部豊後守が首を左右に振った。

「二代将軍秀忠《ひでただ》さまは、家康さまの御三男だ。嫡子は信康《のぶやす》さま、信康さま亡き後は、次男の秀康《ひでやす》さまになられた。秀忠さまは、将軍を譲られただけ」

「将軍を譲られたことこそ、嫡子の証《あかし》でございましょう」

「と言い切れぬところがある。秀康さまが、将軍位を継がれなかった原因の一つ。豊《とよ》臣《とみ》家へ養子になられたことだ」

「養子になられたならば、嫡子ではなくなられたのでございましょう」

賢治郎は阿部豊後守の言う意味がわからず、首をかしげた。

「ときの天下人が、そのようなまねを許すと思うか」

家康が次男秀康を秀吉《ひでよし》の養子にしたといえば聞こえはいいが、そのじつは人質である。秀吉は家康を押さえるために、妹を妻という名の人質に差し出し、代わりに秀康を養子にした。一応天下は治まったとはいえ、まだ戦国である。人質があっさりと切り離されるような者では困る。まして、天下人への人質である。絶対切り捨てられない、この人物こそ徳川の正統でなければ人質の価値はない。だからこそ、家康は長男が死した後長子となった秀康を選んだ。

「家康さまが秀康さまを養子にと言われたのを、秀吉どのは受け入れた。なぜだ」

「えっ……」

理由を問われた賢治郎は詰まった。

「相変わらず、ものごとを考えるのは苦手のようだな。長四郎が草葉の陰で泣いておるぞ。今代の寵臣は役に立たぬとな」

阿部豊後守があきれた。

家康の寵臣本多佐渡守正信《ほんださどのかみまさのぶ》、秀忠の寵臣土井大炊頭利勝《どいおおいのかみとしかつ》、家光の寵臣松平伊豆守、阿部豊後守ら、皆、将軍の懐刀として天下の政を差配してきた。それだけ優秀でなければ寵臣たる資格はない。

「家綱さまの寵臣たるならば、学べ。家綱さまに余計なご苦労をおかけするな」

賢治郎へ、阿部豊後守が注意を与えた。

「上様は最後だけご存じであればいいのだ。それまでの紆余曲折《うよきょくせつ》など枝葉でしかない」

「それは上様を実際から遠ざけることになりましょう」

一つまちがえば、将軍を飾りものにしかねない。賢治郎は反論した。

「上様の御寿命をお縮めする気か」

阿部豊後守が叱責《しっせき》した。

「なにを」

家綱を殺す気かと言われた賢治郎が激した。

「愚か者。少し考えればわかるだろうが。天下の政は多種多彩にわたる。年貢の取り立て、新田開発、神社仏閣の建立《こんりゅう》、街道の修復、商家から取りあげる運上。他にも天災への対応、阿蘭陀《オランダ》との交際など、数えあげればきりがない」

阿部豊後守が賢治郎を睨《にら》んだ。

「そのすべての枝葉まで、一人が理解し、対応策を考えられると思うのか。それこそ、寝る間どころか、厠へ行く間もなくなるぞ」

「…………」

賢治郎は黙るしかなかった。

「数人いる老中でさえ無理なのだ。それぞれが別の案件を担当し、配下の役人たちを使ってなんとか回しているのが、政。上様には、我らが選び抜いた案件への認否だけをおこなっていただくようにしているのだ」

「しかし、それでは実情が上様に伝わりませぬ」

かつて松平伊豆守にも同じことを言ったなと賢治郎は思いだした。

「上様の目を我らが覆っていると」

「でなければ、上様はわたくしをお髷番などに抜擢《ばってき》されませぬ」

賢治郎は阿部豊後守を見あげた。

「ふん。たしかに、我ら執政衆は上様に隠しごとをしている」

「なにをっ……」

否定が返ってくると思いこんでいた賢治郎は絶句した。

「当たり前であろう。世の真実などお報《しら》せできるわけないわ」

堂々と阿部豊後守が述べた。

「……伊豆守さまは、主を守り正しく導き、失政をなくすことが……」

かつて松平伊豆守から、寵臣の仕事は主を守ることにあると聞かされた賢治郎は、それを根拠に反駁《はんばく》した。

「あのときのそなたでは、まだ真実を知るに足りなかった。ゆえに長四郎は建前だけを教えたのだ」

あっさりと阿部豊後守が告げた。

「建前……」

賢治郎は唖然《あぜん》とした。

「当たり前だろう。上様に天下の真実をお教えしてどうするというのだ」

「上様が手を打たれまする」

「どうやって」

蔑《さげす》むような目で阿部豊後守が賢治郎へ問うた。

「政をあらためられるように命をくだされましょう」

「誰に」

「…………」

賢治郎の顔色が変わった。

「わかっただろう。上様からご諮問を受けた我らが、好転致しましたとお答えすれば、それまでだ。江戸城から出られぬ上様に、これを確認する術《すべ》はない」

「それはわたくしがいたしまする」

阿部豊後守へ賢治郎は応じた。

「おぬしの言が正しいと言えるか」

「わたくしは上様に偽りなど申しませぬ」

賢治郎は胸を張った。

「ならば、明日、登城したときに今夜の一件を、背後に館林公がおられるというところまでしっかり報告せい」

「……それは」

言われた賢治郎が詰まった。

家綱は、五代将軍を弟のどちらかに譲るつもりでいた。もっとも近い一門として、綱重、綱吉の二人を慈しんでいる家綱である。綱吉が、賢治郎の命を狙ったと知れば、心を痛めることはわかっていた。

「嘘もつかず、隠しごとはせぬのだろう」

阿部豊後守が口の端をゆがめた。

「わたくしの身に起こったことは私事でございまする。上様のお耳にいれるほどのことではございませぬ」

賢治郎は拒否した。

「私事と申すか。では、政もすべて私事よな」

「詭弁《きべん》を弄されるな」

嘲る阿部豊後守に、賢治郎は声を荒らげた。

「いいや。私事だ。突き詰めていけば、政も私事になる」

阿部豊後守が真剣な顔をした。

「年貢を集める。これは徳川家が生きていくため、私事である。武家諸法度もそうだ。徳川家へ逆らわないようにさせるためのものぞ、あれは。私事でなければなんだ」

「…………」

賢治郎は呆然《ぼうぜん》となった。

「飢饉《ききん》へのお救い米もそうだ。食べていけない者たちの私事であろう」

「な、なんということを……」

阿部豊後守の言葉に、賢治郎は言葉を失った。

「よいか。政は、天下人のつごうだ。お救い米も街道整備も、すべては徳川家へ不満を持たれないようにするための策。徳川に任せておけば、大丈夫だと思わせるための手段でしかない」

冷たい口調で阿部豊後守が告げた。

「政は、天下人による機嫌取りだと思え」

阿部豊後守が言った。

「つまり、天下は私事の集まりなのだ。だからこそ、上様にすべてをお教えせずともよい。ああ、はきちがえるなよ。上様になにもお報せせぬというわけではないし、つごうのよい話だけをお耳に入れよという意味でもない。些事《さじ》までお耳に入れるなというだけだ」

「それでよろしいのでございまするか」

賢治郎は少し落ち着いた。

「そうだ。天下人とはいえ、神ではない。世のすべてに責を負うことなどできまい」

「たしかに」

阿部豊後守の意見に、賢治郎は同意した。

「人は己の手の届く範囲しか救えぬ」

しみじみと阿部豊後守が嘆息した。

「執政は、政を上様の両手の間に納まるよう取捨するのが任だ」

「はい」

賢治郎は納得した。

「その取捨を恣意《しい》なくできる者こそ、寵臣である。寵臣は吾が身よりも主君のことを案じるものだからな」

　柔らかく阿部豊後守が賢治郎を見た。

「そなたは、先ほど襲われたことを私事だと言った。己の命を軽きものとした。これこそ寵臣である」

　阿部豊後守が称賛した。

「畏《おそ》れ多いことを」

　賢治郎は照れた。

「ゆえに上様へご報告せねばならぬ」

「なぜでございまするか」

「寵臣を狙う。それは上様を守る盾を破る行為だからだ」

　問うた賢治郎へ、阿部豊後守が答えた。

「理屈だけでございましょう」

　賢治郎はあきれた。

「理屈でよい。これは見せしめなのだ。どちらにとってもな」

「どちらにとっても……」

　賢治郎は首をかしげた。

「寵臣に手出しをする。これは主への挑戦、いや、舐《な》めている証拠である。当然、見合うだけの罰を与えねば、相手は図に乗る。寵臣の次は、寵姫《ちょうき》、そして主君へと刃《やいば》を突きつける」

「ううむう」

あり得る話であった。

「二度と手出しする気にならぬところまで、相手を追いこまねばならぬ。これは同時に他の者への見せしめでもある」

「一罰百戒でございますか」

「そうだ。そして、相手にとって寵臣を狙うのが見せしめなのは、主君に対し、いつでも殺せるぞとの脅しであると同時に、寵臣さえ守れぬ無能者という嘲弄なのだ」

「上様を嘲弄するなど……」

賢治郎は憤った。

「嘲弄するというより、自信を失わせるといったほうがよいかも知れぬな。天下人としての器量がないのではと思わせ、身を退かせる。いや、譲らせる」

「傲慢なまねを」

続ける阿部豊後守に賢治郎は頬をゆがめた。

「このていどなど、まだましよ。直接上様のお命を狙っているわけではないからな。我らが上様をお守りすればすむ」

「そのとおりでございまする」

大きく賢治郎もうなずいた。

「今回は、その意味合いが強い」

「むう」

賢治郎はうなるしかなかった。

「放置はできぬ。このままにしておいては、上様が侮られるぞ」

「それはなりませぬ」

強く賢治郎は否定した。

「やられたらやり返す。それもやられた以上にな。そうしなければ、天下は治まらぬ」

阿部豊後守が氷のような声を出した。

「どうなさいまするので」

「……おまえがするのだ」

「わたくしが」

賢治郎は目を剝いた。

「当たり前だ。やられたのはおぬしであろう。仕返すことができるのも、おぬしだけだ」

「わかりまするが……なにをすれば」

「黒鍬を滅ぼせ」

阿部豊後守があっさりと述べた。

「無茶な……」

「どこがだ。黒鍬を滅ぼせば、館林公もおとなしくなられるだろう。それとも伝の方を討つか。伝の方がいればこそ、黒鍬者は館林公に与《くみ》している。伝の方に手を出した館林公が将軍となれば、黒鍬者も人並みの生活ができる。その夢を見たいがためにな」

淡々と阿部豊後守が口にした。

「そのようなまねはできませぬ」

賢治郎は拒否した。

「女は殺せぬか。立派なことだ」

阿部豊後守が鼻先で笑った。

「まあよい。黒鍬のこと考えておけ。今宵の後始末はしてやる。誰か数名、深室に付いていけ」

手を叩いて、阿部豊後守が家臣を呼び、指示を出した。

「帰ってよい」

「かたじけのうございまする」

手配してくれた阿部豊後守に、賢治郎は頭を下げた。

「ああ。そうだ」

「なにか」

帰りかけた賢治郎は、思い出したように声をかけた阿部豊後守へ顔を向けた。

「御台所《みだいどころ》さまのことじゃ」

「お身体に障りでも」

賢治郎は己が狙われたときよりも焦った。

家綱の正室は伏見宮《ふしみのみや》の姫、顕子《あきこ》女王である。明暦三年（一六五七）に将軍世子だった家綱と婚姻を結び、江戸へと下向した。それから数年、ようやく懐妊したとの報せが江戸城に流れていた。

「あれは偽りじゃ」

「…………」

真相を明かした阿部豊後守に、賢治郎は反応できなかった。

「御台所さまが懐妊したという噂が流れれば、動き出す者が出てくるだろうと思ってな、お願いしてお力を添えていただいた。まさか、甲府、館林の両方が釣れるとは思わなかったがな」

阿部豊後守が語った。

「なんということを」

賢治郎は蒼白《そうはく》になった。

「上様がどれほどお喜びであったか……」

御台所顕子の妊娠を聞いた家綱が、頰を緩めていたのを賢治郎は見ていた。

「正式な報告は上様にあがっていないぞ」

感情のこもらない口調で阿部豊後守が応じた。

「そんな言いわけが通るとでも」

震えながら、賢治郎が言いつのった。

「なにを申している。余が上様に御台所さまご懐妊と奏上いたしていたならば、咎められて当然だが、何一つ言っておらぬのだぞ」

「では、喜ばれた上様のお気持ちは……」

「ご辛抱いただくしかないな」

「なにを……」

家綱の無念を思った賢治郎は言葉が出なかった。

将軍の仕事でもっとも重要なものが、跡継ぎを作ることであった。跡継ぎがいない、あるいは幼ければ、天下を奪われても文句が言えない。

天下人は世襲できた。いや、世襲しなければならなかった。

豊臣の天下を徳川が奪取できたのは、秀吉が死んだとき、跡継ぎの秀頼《ひでより》が幼すぎたためであった。天下人が子供では、人心が保てないからだ。

さすがに戦国の気風が薄れ、泰平となった今では、それほどでもないが、それでも生まれたての幼児では、将軍は務まらない。いかに直系とはいえ、元服するまでは後見人をつけるか、場合によっては一代待たなければならなくなる。中継ぎとして将軍位を預けた一門が、裏切らないとは限らない。それこそ幼児を害して、己の血筋で将軍を独占しようとするかも知れないのだ。

直系による正統を守るため、将軍はできるだけ早く後継者を作る義務があった。

もともと蒲柳《ほりゅう》の質で、あまり肉欲の強くない家綱である。側室がいないわけではないが、それほど通ってはいなかった。それこそ、もっとも同衾《どうきん》したのは、顕子である。その顕子が懐妊したと聞いた家綱がほっとしたのは無理のないことであった。

「天下泰平のためだ」

阿部豊後守が切り捨てた。

「将軍家の内紛は避けねばならぬ。内紛で終わっている間はいい。表に出てみろ。徳川家の威光など消し飛ぶぞ。徳川家は一枚岩だからこそ、外様《とざま》大名たちを抑えこめる。徳川が割れれば、そこを島津が、毛利が、伊達《だて》が、前田が突いてくるぞ」

「それは……」

阿部豊後守の話は真実であった。

「この話、上様に告げるかどうか、そなたに一任する。用意ができたようじゃ。帰れ」

阿部豊後守が手を振った。

「…………」

阿部豊後守の説明に理を見てしまった賢治郎は、なにも言えず出ていくしかなかった。

四

深更の江戸は閉じられる。町内ごとにある木戸が閉じられ、人の通行を妨げるからだ。こうすることで町内へうろんな者が入りこむのを防いでいた。とはいっても、まったく通さないというわけではなかった。木戸に併設されている番小屋へ声をかければ、門の脇に設けられている潜《くぐ》り戸を開けてくれる。

「小納戸深室賢治郎、ご老中阿部豊後守さまのお屋敷より帰邸の途上である。供は見送りの阿部ご家中」

「ただちに」

老中の名前は大きい。旗本は、暮れ六つ（午後六時ごろ）を過ぎての往来を禁じられているが、どこでも止められることはなかった。

「では、我らはこれで」

「お手数をおかけいたした」

死体と黒鍬者の矢地介を引き取って、阿部家の家臣たちが帰るのを見送った賢治郎は、そのまま別棟にある三弥の居室へと向かった。

「三弥どの」

いきなり襖を開けるわけにはいかない。賢治郎は廊下に座って声をかけた。

「どうぞ」

待っていたかのように襖が開かれ、夜着から常着に着替えた三弥が出迎えた。

「遅くなり申した」

「いいえ。今夜中にと願ったのはわたくしでございますので」

詫びる賢治郎に、三弥が手を振った。

「刻限も刻限でございますれば、おもてなしはいたしませぬ」

「けっこうでござる」

茶も出さないと言った三弥に、賢治郎は首肯した。

「早速でございまするが……今宵襲い来た者はいずこの」

「知らぬままのほうがよろしいかと」

襲撃者の正体を求めた三弥に、賢治郎は聞かないほうがいいと勧めた。

「知らぬ存ぜぬのとおる状態ではございますまい」

まだ幼い三弥の目つきが、大人のものよりも鋭くなった。

「…………」

賢治郎は黙った。

「つごうが悪くなれば、口をつぐむ。我が家に来られたときから、変わりませぬ。ですが、それももうつうじませぬ。武士は一度出たら、いつ敵に出会ってもおかしくない。これはわたくしも武家の女。理解しているつもりでございまする。夫が外で働き、妻が家を守る。これこそ武家のあるべき姿」

三弥が続けた。

「それが崩されたのでございまする。屋敷が襲われるなど、それも夜中怪しげな者の侵入を許すなど言語道断。これは留守を預かる妻として、決して見逃すわけには参りませぬ」

「知ってどうなさろうと」

「文句を言いに参りまする。どうせ、あのような闇の輩。誰かに遣われているだけでございましょう。その雇い主に抗議いたしましょう」

堂々と三弥が宣した。

「無茶だ」

「なにが無茶でございまする。夜中に忍びこむのではございませぬ。白昼表から訪れ、相手に面談を申しこむのでございまする。なにもできますまい」

「会うどころか、門前払いされるだけでございましょう」

言い放つ三弥に賢治郎は反論した。

「それほどの御仁《ごじん》なのでございますね」

「あっ……」

賢治郎はあわてて口をつぐんだ。

「上様のお側にある賢治郎さまを狙う。となれば相手は……」

「それ以上はなりませぬ」

名前を出そうとした三弥を賢治郎は制した。

「なぜでございまする。わたくしは深室の娘でございまする。深室の家を守ろうとしてどこが問題になりまする」

三弥が賢治郎に迫った。

「これは命がけの戦いでございまする」

「命がけの戦いだから、女子供は黙っておけと」

賢治郎の言葉に、三弥の声音が変わった。

「そこまでは申しませぬが……」

「言われたも同然でございまする。女子供と軽視されるのは甘んじましょう。わたくしは剣も遣えませぬ。槍も振るえませぬ。吾が身を守るにしても、操を汚されぬために自害するしかない女でございまする。ですが、なにもしなくてよいというのは僭越《せんえつ》でございましょう。あなたさまは深室の婿となるお方。深室の血ではございませぬ。深室の血を引いているのは、このわたくし。先祖が血を流して得た家禄を受け継いでいくのは、わたくしでございまする」

「………」

婿養子はそういったものである。賢治郎は言い返せなかった。

「ですが、今回の一件はわたくしのお役目に対するもの。深室家へのものではございませぬ」

賢治郎は論点をそらした。

「襲われたのは深室家の屋敷でございまする」

あっさりと三弥が論破した。

「わたくし一人を目標に決めた襲撃で、場所はどこでもよろしかった」

あくまでも主体は己であると賢治郎は言い張った。

「わたくしはあなたさまの妻でございまする」

「まだ届けも婚姻もなしておりませぬ」

「ほう」

賢治郎の逃げ口上に三弥の目つきが変わった。

「では、あなたはなぜここにおられる」

「それは……」

三弥の切り返しに賢治郎は答えられなかった。

「賢治郎さま」

さっと三弥が姿勢を正した。

「あなたさまとわたくしはいずれは夫婦でございまする」

「はい」

それに賢治郎は異論なかった。まだ前髪を結っていたころからのつきあいで、多少尊大なところもあるが、生意気な妹のような三弥を賢治郎は大切にしてきた。そして、その三弥が最近花が咲くように美しく成長した。賢治郎のなかで三弥は愛《いと》おしい女へと変わっていた。

「かつても申しました。わたくしはまだ婚儀をすませていないとはいえ、あなたさまを婿に迎えたも同然。今更、他の方を夫にする気はございませぬ。もし、あなたさまになにかあれば、わたくしの一生も終わりまする」

「三弥どの……」

賢治郎は毅然《きぜん》とした三弥の姿に感嘆した。

「あなたさまが、無事でなければ意味がございませぬ。そこをお忘れか」

「申しわけないとは思う。だが、向こうから来るのだ。どうしようもない」

賢治郎は首を左右に振るしかなかった。

「それで怪我をされたではございませぬか」

三弥が悲壮な声を出した。

山本兵庫との戦いで、賢治郎は勝利を収めたが、傷を受けていた。幸い、今回の相手は剣術使いでなかったお陰で、突き技だけで相手ができた。もし、それなりの腕の剣術使いと仕合わなければならなかったら、負けていたかも知れなかった。

「役目は退けませぬ」

賢治郎は三弥の要求をわかっていた。

「相手は教えられぬ、役目も続ける。はて、わたくしはどうすればよろしいのでしょう」

三弥が涙を浮かべた。

「お待ちくだされとしか言えませぬ。いつまでもこのようなことは続きませぬ」

「いつまででございます。明日でしょうか、半年先でございましょうか、それとも三十年先でしょうや」

「……………」

期限などわかるはずもない。賢治郎は沈黙した。

「……やはり。期限などございませぬね」

三弥が嘆息した。

「すまぬ」

賢治郎は頭を下げた。

「よろしゅうございまする。その代わり一つ願いを聞いていただきましょう」

「なんでございましょう」

許すという三弥に賢治郎は身を乗り出した。

「わたくしと閨《ねや》をともにしていただきますよう」

「な。なにを」

三弥の要望に賢治郎は驚愕《きょうがく》した。

「なにを驚かれる。あなたさまとわたくしはいずれ夫婦でございまするぞ。閨ごとなど毎晩でもいたしましょう」

「夫婦でございますれば、さようでございましょうが、わたくしたちは未《いま》だ……」

賢治郎は拒んだ。

「では、わたくしはなにを頼りにしていけばよろしゅうございます」

「頼り……」

「いつ死ぬかわからぬ夫を持った妻はなにを生きる望みにいたせばよろしいのでございましょう」

三弥が寂しそうな顔をした。

「それは……」

賢治郎は答えられなかった。

「せめて子供でもいれば、その子供の成長を楽しみに生きられましょう」

「子供を欲しいと」

「愛しい殿方との子供を産みたい。それが女でございまする」

恥ずかしそうに三弥が告げた。

「……愛しい。拙者が……」

「女に言わせて満足でございますか」

驚いた賢治郎に、三弥が不満を言った。

「いや、それは……」

賢治郎はおたついた。

「生涯夫はあなただけと何度も申しました。これが最後でございまする。ご返事を」

三弥が返答を求めた。

「……今はこれが精一杯でござる」

少しだけ間を置いた賢治郎は、三弥の肩を引き寄せた。

第二章　母の姿

一

山本兵庫を失った順性院は桜田御用屋敷を出て、息子綱重の竹橋御殿へと引き取られ、その奥でひっそりと生きていた。

「お方さま」

「おう、新見《にいみ》備中守《びっちゅうのかみ》どのか」

訪ねて来た甲府藩家老新見備中守正信《まさのぶ》へ、順性院がほほえんだ。

「なにか、ご不足はございませぬか」

新見備中守が問うた。

「なにもないぞ。宰相どのがおられ、静《しず》の腹の子も順調じゃ。これで不満などもてば、罰《ばち》が当たる」

　順性院が楽しげに答えた。静とは甲府藩主綱重の側室である。綱重の寵愛深く、男子一人を産んでいた。

「それは重畳《ちょうじょう》でございまする」

　大きく新見備中守がうなずいた。

「本日はどうかしたのか。忙しいであろうに。妾《わらわ》のような婆の相手などなさらずとも」

「なにを仰せられる。お方さまは変わらずお美しい」

　用件を訊く順性院へ、新見備中守が首を左右に振った。

「うれしいことを言ってくれる」

　順性院が照れた。

「お方さま。大奥へお手紙を一つお願いできませぬか」

　新見備中守が面会の目的を口にした。

「手紙を。かまわぬが、誰にぞ」

「御台所さまへ」

「……御台所さまじゃと」

言われた順性院が怪訝《けげん》な顔をした。

「お目にかかったことは何度もあるが、親しくしていただいているわけではない。手紙で何かをお願いするなど無理じゃ」

順性院が否定した。

「いいえ。なにもお願いしていただかなくてもよろしゅうございまする」

新見備中守が笑った。

「ただ書中で御台所さまのご体調をお気遣いいただきたく」

内容を新見備中守が指定した。

「気遣いを受ければ返さなければなりませぬ。御返書がいただけましょう」

「ご懐妊の噂を確認したいのだな」

依頼を聞いた順性院が気づいた。

「さようでございまする」

新見備中守が認めた。

「そうそうわかりやすい答えはくだされぬと思うが……」

「かまいませぬ。なにかあれば儲《もう》けものといったところ。主眼は別にございますれば」

「別に狙いがあると」

「はい」

自信満々に新見備中守が言った。

「お方さまがお書きになるお手紙は、御台所さまへのご機嫌伺い。当然、挨拶《あいさつ》の品を携えることとなりまする」

「なるほどの」

順性院が悟った。

大奥の主である御台所には、いろいろなところから贈りものが届けられた。上は京の朝廷、下は出入りの商人まで引きもきらない。そのすべてに御台所が応対するわけではないが、御三家以上の格式を持った相手からのときだけは、贈りものを持参した使者に目通りを許し、目録を読みあげさせるのが通例である。

順性院は御三家の上になる甲府家徳川綱重の生母、格式は御三家を上回る。

「妾の使者に御台所さまはお目通りを許される。それが眼目じゃな」

「ご明察でございまする。産婆の経験を持つ女を使者に仕立てあげ、間近で御台所さまのお顔を拝見すれば……」

新見備中守が口の端をゆがめた。

「懐妊なさっているかどうかは、すぐに知れると」

「はい」

新見備中守が首肯した。

「のう、備中守」

順性院の顔つきが変わった。

「……………」

手足であり矛であった山本兵庫を失って以来、消えていた覇気が順性院に戻っていた。新見備中守がその変化に息を呑んだ。

「御台所さまがご懐妊なさっていたとして……なんとする」

すっと背筋を伸ばした順性院が問うた。

「お任せをくださいませと申しあげまする」

「そうか。妾のためでなく、宰相さまのおためになるようにな。頼みましたぞ」

順性院が笑みを浮かべた。

「あと一つ。たいしたものではないが、妾から山本兵庫にくれてやった文がある。ちと恥ずかしいこともあるゆえ、どうにかしてくれぬか」

「はい。承りましてございまする」

新見備中守が平伏した。

「女とは怖ろしいものよ。操っていた男へ出した文まで取り返すか。まあ、よほど見られてはまずいことが書かれているのだろうが……」

順性院の前から下がった新見備中守が嘆息した。

「山本が死んで、一気に老けこんだので、もう抱く価値もないと思ったが……」

新見備中守が独りごちた。

「殿に芽があるとわかったとたんに戻った。桜田の御用屋敷にいたころより、若返ったのではないかと思えるぞ。あれならば、還俗《げんぞく》させる意味もあるな。上様のお血筋を闇に流した功績で、還俗した順性院を下賜《かし》してもらい、子を産ませれば……」

歩きながら新見備中守は、想像していた。

「殿とその子は異父弟だ。さすがに胤《たね》が違うゆえ、将軍一門にはなれぬ。とはいえ、殿にもっとも近い親族として重用されるのはまちがいない。もし、殿が将軍になられたならば、十万石の大名もありえる」

新見備中守の頬がゆるんでいた。

御台所へのご機嫌伺いは、いきなり大奥を訪れなかった。相手は将軍の正室である。

どのような身分高き者であろうとも、前触れなしに面会はできなかった。

まず、御台所のもとに順性院がご機嫌伺いの使者を出したいと望んでいるので許していただきたいとの願いが大奥へあげられた。

「順性院が……」

御台所顕子が、お付きの上臈《じょうろう》の報告に首をかしげた。

将軍弟の生母でも、側室は奉公人である。お腹さまとなったことで、一応一門扱いを受けられるが、御台所よりも下になる。顕子は順性院を呼び捨てにした。

「はい。そのように願いを申して参りましてございまする」

確認された上臈が答えた。

「今まであったか」

「わたくしには覚えがございませぬ」

上臈が首を左右に振った。

「それが今ごろになってとは、みょうよな」

顕子が疑問を呈した。

「探りに参るのではございませぬか」

「……探りにとは、どういうことぞ。順性院は御用屋敷を出たと聞いた」

御用屋敷を離れるというのは、大奥との決別を表す。ますます顕子が不審な顔をした。

「御台所さまのご様子をでございまする」

上臈が述べた。

「妾の様子を……懐妊しているかどうかを見ると」

「おそらく」

顕子の言葉に上臈がうなずいた。

「見ただけで、懐妊しているかどうかがわかるのか」

「誰ぞ、お答えせよ」

上臈は未通女《おぼこ》でなければならない。子を産んだことのない上臈が、周囲にいた女中たちを見た。

「恐れながら……」

控えていた中臈が声を出した。

「館におりまする者のなかで、出産の経験があるのは、台所で下働きをしている常《つね》と申す者だけでございまする」

中臈は上の間にいる者では、答えが出ないと告げた。

「その者をこれへ」

顕子が命じた。

「はっ」

中臈が上の間を出ていった。

「篠《しの》」

「なんでございましょう」

呼ばれた上臈が問うた。

「どうすべきかの」

「お心のままに」

顕子の質問に、篠が応じた。

「思うがままにしてよいのだな」

「はい。大奥はすべて御台所さまのもの。どのようになされましてもよろしゅうございまする」

篠が大きく首を縦に振った。

「そうか。妾は家綱どののお役に立ちたいと思う」

顕子が晴れやかな顔をした。

「常を引き連れましてございまする」

中臈の声がして、上の間と下の間を仕切る襖が開け放たれた。

「常でございまする」

下の間の襖際、はるか下座で中年の女中が平伏していた。

「見ただけで妊娠しているかどうか、わかるものかの」

常のほうを見ず、顕子は篠に訊いた。

「御台所さまより御下問である。女が懐妊したかどうかを……」

同じことを篠が常に向かって尋ねた。

「恐れながらお側の方まで申しあげまする。女は腹に子を宿しますと、いろいろと身体に変化が起こりまする。もっともはっきりしたものは、下腹が前にせり出して参ることでございますが、他にもへそがなくなる、乳がふくらむ、乳首が黒ずむなどがありまする。また、かならず正しいとは言えぬようでございまするが、顔つきも変わりまする」

常が頭をさげたままで述べた。

「顔つきが変わるとは、どういうことじゃ、篠」

顕子がさらに問いかけた。

「続けての御下問である。妊娠すれば顔つきがかわるとは、いかなることぞ」

ふたたび篠が間に入った。

これは形式であった。台所で働く女中は、お末あるいは犬などと呼ばれる最下級の者で、御家人や商家の娘、あるいは後家がほとんどであった。もちろん目見《めみ》えのかなう立場でなく、御台所と直接会話するだけの格式がないため、このような手間をかけるのである。

「お側の方へ申しあげまする。妊娠した女は、その孕《はら》んだ子供が男子なれば、目つきがきつくなり、女子ならば柔和になると言われておりまする」

常が告げた。

「ほう。それはおもしろいの」

顕子が頰を緩めた。

「もうよいぞ」

「ご苦労であった、下がれ」

満足した顕子が手を振り、篠が常に退出を許した。

「篠、順性院の願い聞き届けてつかわせ」

「よろしゅうございますので」

篠が目を剝いた。

「妾を探ろうというのであろう。ならば、だましてやろうではないか。狐狸《こり》の化かし合いというのもおもしろそうじゃ」

顕子が楽しげにほほえんだ。

「お方さまがそう仰《おお》せられるならば。そもそも妾ごときの分際で、御台所さまを探ろうなどと不遜《ふそん》なまねをいたそうというならば、そうおうの報いを与えてやるべきでございまする」

篠が同意した。

「当日、館のなかでもっとも化粧《けわい》を得手とする者を用意いたしておけ」

「はっ」

命に篠が一礼した。

二

三日後との返答を得た新見備中守は、まずご機嫌伺いの品を調《ととの》えた。

「多少費用はかかってかまわぬ。よいものを用意いたせ。目的が贈りものではなく、目通りにあると見透かされるようなものを持参しては、裏が知られる」

新見備中守が、用人に注文をつけた。

「はっ」

用人が江戸中をかけずり回って、手に入れてきたのは漆《うるし》塗りの文箱《ふばこ》であった。

「美濃の塗り職人が三年かけて作りあげたものに、京の絵師が金泥《きんでい》で絵付けをいたしたものでございまする」

誇らしげに用人が胸を張った。

「これは見事だな」

美術工芸などに興味のない新見備中守でさえ、目を見張るものであった。

「ただ、値がかなり張りまして……」

「かまわぬ。百や二百ではきくまいが、これならば目通りに箔《はく》が付く。これほどのものを隠れ蓑《みの》に使うとは思うまいよ」

申しわけなさそうな用人に、新見備中守が手を振った。

「よし、使者の用意はできた」

新見備中守が大きくうなずいた。

翌日、使者となった中年の女中が、駕籠《かご》で大奥へと向かった。

大奥の出入りは平河門から御広敷門《おひろしきもん》へと進む。将軍家弟君御母堂代理の格で、駕籠は大奥玄関まで入った。

「順性院名代雁野《かりの》でございまする」

ご対面所に通された雁野が、下段の間中央で両手をついた。

「うむ」

上段の最奥で顕子は軽く顎《あご》を引くだけであった。

御台所は大奥の主である。名乗りは不要であった。

「順性院より、文を差し上げまする」

まず主目的である書状が、雁野から篠を通じて、顕子の手に渡った。

「…………」

顕子がさっと読んだ。

「順性院の気遣いに喜んでいたと伝えよ」

顕子が雁野へ言った。

「はっ」

雁野が頭をいっそう下げた。

伝言を預ける。これは返事は出さないとの意思表示であった。御台所がそういえば、返書をねだるなどできる話ではなかった。

「順性院が、御台所さまに献上いたしたいと」

続けて雁野が目録を差し出した。

「……目録。漆塗りの文箱。美濃黒漆に京金蒔絵《まきえ》」

篠が披露した。

「ほう。京金蒔絵とは、懐かしい」

顕子が興味を示した。

京金蒔絵は、平安の世まで遡《さかのぼ》る伝統技巧である。伏見宮の姫として十七歳まで京にいた顕子が喜んだ。

「見せよ」

顕子が求めた。

「はい」

風呂敷に包まれていた文箱を篠が開いて、顕子の前に置いた。

「おうおう。萩の散らしか。なかなか見事なものじゃな」

手にした顕子が歓声をあげた。

「雁野と申したか。直答を許す。面《おもて》をあげよ」

顕子が文箱を手にしたまま言った。

「畏れ入りまする」

恐縮しながら、雁野がわずかに顔をあげ、下から窺《うかが》うようにして顕子を見た。

「妾がよろこんでいたと順性院にな」

贈りものをもらった御台所として最大の賛辞であった。

「かたじけなきお言葉」

雁野が額《ひたい》を畳に押しつけた。

「さがってよい」

顕子が文箱を置いて、雁野へ命じた。

許可のように聞こえるが、目上から発せられたものは、すべて命令であった。

「失礼をいたしまする」

もう一度、顕子の顔をついた両手の隙間から覗くように見た雁野が出ていった。

「何度も妾の顔を見ておったの」

興味はなくなったと顕子は文箱を手から離した。

「無礼な輩でございました。聞けば、御番医師の嫁だとか。一度嫁ぎながら、夫の死で実家へ戻されたそうでございまする」

篠が雁野の説明をした。当たり前の話だが万一のことなどないように、御台所へ目通りを願う者は、詳細な身元調べを受けた。

「順性院とかかわりがあるのかの」

「御広敷伊賀者の話では……」

大奥の雑用いっさいを受け持つのが御広敷であった。中奥と大奥に挟まれ、将軍と御台所の食事などを任としていた。その御広敷に属し、大奥の警衛を担当するのが、御広敷伊賀者であった。

御広敷伊賀者は、幕府伊賀組四つのなかで最大の規模を誇る。六十四名が属し、当番、宿直番《とのい》、非番の三交代で務めた。もちろん、前身が伊賀組であることからもわかるように、幕府の探索方としての仕事もおこなっていた。

「雁野は、甲府家お抱え医師の娘だとか」

「医師の娘が、妾に目通りを」

顕子が機嫌を悪くした。

医師というのは武家において重要視されなかった。男ならば、戦って知行を得るべきだという考えかたが、武家の根本であったからだ。そのため、医師は軽い身分のものとして扱われていた。さらに、顕子は医師嫌いであった。あまり身体の強くない顕子は、年中熱を出したり、体調を崩したりと、医者の世話になることが多い。そのたびに処方される薬の苦さを顕子は不満に思っていた。

「甲府家家老新見備中守の一族へ養子に入ったようでございまする」

「目見えに要る格は整えたというわけだな」

篠の説明に、顕子が納得した。

「子供がいながら、共々に実家へ戻されたと申したの」

顕子が疑念の表情を浮かべた。

武家では跡取りをなによりも大切にする。夫が死のうとも、息子がいれば家は続くからであった。

「まだ三歳になったばかりで、家督は亡父の弟に譲られたらしく」

篠が話した。

世継ぎなしは取りつぶし。これは幕府の祖法であった。いかに由井正雪の乱で、末《まつ》期《ご》養子の条件を緩めたとはいえ、決まりは決まりであった。この世継ぎなしの条件に、家を継ぐだけの年齢になっていない子供も入った。七歳になっていない者の家督相続は許されない。明文化されているわけではないが、慣例でそうなっている。このため、大名や旗本では、世継ぎが小さすぎるとき、幕府から跡目相続を拒まれないよう、一門から成人した男子を迎えるのが常識となっていた。

「なるほどの。そして、その弟にも子はいると」

「はい。誰でも吾が子に後を継がせたいもの。兄の死亡によって当主になれたからとはいえ、忘れ形見にいずれ家督を返すなどと考える者はそうそうおりませぬ」

篠が冷たい口調で言った。

「母子、行くところがなくなったうえ、居場所も奪われた。母親としては、息子の将来が不安になるのも無理はない。そこに備中守が手をさしのべた」

「仰せのとおりで」

裏まで読んだ顕子に、篠が感心した。

「あの女の事情などどうでもよいことだ。さて、化粧を落とすぞ」

顕子が言った。

「はい。白湯《さゆ》を持て。別桶の水も忘れるな」

すぐに篠が指示を出した。

雁野を乗せた駕籠が竹橋御殿に着いた。

「お待ちかねであるぞ」

「ただちに」

　出迎えの藩士に軽く頭を下げた雁野が、御殿の奥へと急いだ。

　将軍の弟綱重の館とはいえ、表と奥の区別は、大奥ほど厳しいものではなかった。家老であれば、奥へ入ることも許され、女中が表で役人と話をするのも珍しくはない。

　雁野は新見備中守の待つ座敷へと入った。

「ただいま戻りましてございまする」

「ご苦労であった」

　帰邸の挨拶をする雁野を上座から新見備中守がねぎらった。

「どうであった。無事に目通りはかなったか」

「はい。ちょうどこの襖際から、床の間までほどの間合いでお目通りをいただきましてございまする」

　状況を雁野が伝えた。

　距離に新見備中守が懸念を表した。

「遠くはないか」

「大事ございませぬ。わたくし、目は他人《ひと》よりもよろしゅうございまする」

　雁野が自慢した。

「ここからでも、新見さまの脇差の鍔《つば》に彫られている文字が読めまする」

「なに、これがか」

新見備中守が驚愕した。

鍔に彫られている文字とは、製作者の銘である。銘は誰が作ったかの目印として使うためのものだけに、さほど大きくはない。それを三間《けん》（約五・四メートル）離れたところから、雁野は読みとった。

「明延《みょうえん》でよろしゅうございましょうか」

「おおっ」

正解だと新見備中守が手を叩いた。

「それだけ見えているならば、安心じゃ。で、御台所さまはいかがであった」

新見備中守が本題に移った。

「お目付きがかなり厳しくなられたうえ、鼻梁《びりょう》も鋭くお見受けいたしました」

雁野が語った。

「では……」

「まず和子さまをご懐妊と見てまちがいないかと」

先を促した新見備中守へ、雁野が答えた。

「……そうか」

新見備中守が表情を険しくした。

「もうよいぞ。ああ、約束していたそなたの息子のこと。この備中守が請け負う。殿の和子さまが三歳になられたおりには守り役として召し出そう」

「かたじけのうございまする」

雁野が深く頭を下げて礼をした。

「夫の実家から追い出されたとあれば、息子も肩身が狭かろう。だが、お世継ぎさまのご勉学の相手となれば、出世は約束されたも同然である」

「ありがたいことで」

「だが、それもことが漏れてはなかった話になる。どころか、知っている者は邪魔になる」

氷のような声で、新見備中守が雁野を脅した。

「しょ、承知いたしておりまする。決して、決して、他人にもらすようなまねはいたしませぬ」

「もちろん、儂《わし》はそなたを信じておるぞ。幼い子供のためにもな」

「は、はい」

雁野が震えあがった。

「殺してしまえば話はすむが、御台所さまに目通りをしたばかりだ。もし、あの者に用があると御台所さまからご要望があったときに、死にましただとか、行方がわかりませぬなどと返せば怪しまれる。息子を人質に取ったも同然ゆえ、愚かなまねはいたすまいが……ほとぼりが冷めれば片づけるべきだな」

腰を半分ぬかしたような状況になった雁野を帰し、一人になった新見備中守が独りごちた。

「御台所さまの懐妊は真《まこと》であったか」

新見備中守が苦く頬をゆがめた。

「もしお生まれになれば、五代将軍の座は確定する」

将軍の嫡男である。傅育に付く者たちも老中や名門旗本など、大きな力を持つ者から選ばれる。なにせ次の将軍となる男子である。そのお付きに選ばれた者たちは、栄達を約束されたも同然なのだ。だが、それも生まれた子供が無事に育っての話だけに、皆、必死になって守ろうとする。さらに新たな小姓組、書院番組が設けられ、警固も万全となる。生まれてから作られる壁は厚い。

「腹のなかにいる間は、守りさえない」

大奥は女の城である。表の役人、旗本は入れない。警固はなされていないにひとしい。

「かといって、誰をいかせればよいかだが……」

大奥に刺客を送りこむのは難しい。町中では、風景に溶けこむような特徴のない男でも、大奥では目立つ。

「女の刺客などおるのかの」

新見備中守が腕を組んだ。

「わからぬことは訊くしかないな」

一人考えても知らないことが急に脳裏へ浮かぶことなどはない。新見備中守は、竹橋御殿を後にした。


阿部豊後守から投げられた御台所の懐妊は偽り、家綱に報せるかどうかの判断は任せるとの話は、賢治郎を動けなくしていた。

「終わりましてございまする」

賢治郎は、家綱の元結いを鋏《はさみ》で切り、髷を結い終えた。

ためらいにも限界があった。家綱の命として、連日務めの月代御髪となった賢治郎に休みはない。どうしても毎朝明け六つ（午前六時ごろ）には、家綱と顔を合わせなければならないのだ。

「上様、お話がございまする」

道具を仕舞った賢治郎は肚をくくった。

「うむ。申せ」

予想していたかのように、家綱が許した。

「昨夜……」

襲われたことから賢治郎は話し始めた。阿部豊後守から聞いたことだけを話すのは、無理があった。どうして阿部豊後守から話を聞けたのかという疑問が出る。たしかに賢治郎は阿部豊後守と面識があるとはいえ、多忙な老中の屋敷に夜中訪れる理由としては弱い。

一つ隠すために、一つ嘘をつかなければならなくなる。そして一つの嘘を真実にするためには、さらに嘘が要る。こうして嘘を重ねていけば、いつか破綻《はたん》する。

とはいえ、寵臣は主君のためだけにある。主君に報せないほうがよいと思えば、墓場まで黙って持っていくし、そうすべきだと考えれば、嘘をつくこともあると松平伊豆守や阿部豊後守から教えられている。

主君を何よりとし、大切にする。それが寵臣の役目であった。

長く望んでいた正室の懐妊が、偽りだと知らされた家綱の悲嘆を思えば、黙っているのが正しいかも知れなかった。父親代わりとも言える信頼すべき家臣が、家綱までもだましたことへの衝撃も、教えなければ知らないですむ。

一夜、賢治郎は悩みに悩んだ。結果、賢治郎は家綱に話をすると決めた。

「寵臣ではなく、真実の臣下でありたい」

賢治郎はそう考えた。

「……そうか」

すべてを聞き終わった家綱は、静かであった。

「上様……」

「躬《み》は幸せであるな」

家綱が小さな声で言った。

「御台、豊後守と躬のためを想えばこそ、吐《つ》きたくもない嘘を吐いてくれた」

「…………」

賢治郎はなにも言えなかった。

「子ができていなかった。それは残念じゃ。だが、その哀しみを分かち合ってくれている者がいる」

家綱が賢治郎を見た。

「よくぞ、話してくれた」

「なにを……」

頭を下げた家綱に、賢治郎はあわてた。

「躬が知ったとあれば、顕子も気が楽になったであろう。あれは隠しごとのできる女ではないからな。さぞ、今まで辛《つら》い思いをしていたことだろう」

家綱が目を閉じた。

婚姻をなして六年をこえる家綱と御台所顕子の仲はよかった。一つ歳上《としうえ》の顕子は、家綱にとって妻であると同時に姉でもあった。家綱は顕子を慈しむとともに頼っていた。

「しかし、許せぬな」

家綱の声音が厳しいものになった。

「躬の寵臣と知りながら、夜中に襲うなど……」

「…………」

吾がことだけに、賢治郎は沈黙するしかなかった。

「黒鍬を潰す」

「それはなりませぬ。上様」

賢治郎は家綱を制するように、硬い口調で言った。

「なぜじゃ」

家綱の機嫌が悪くなった。

「暴走したのは黒鍬者の一部でございまする。すべてに罪を及ぼすのはあまりでございましょう」

「誰が荷担していたか、そなたにはわかるのか」

家綱が問うた。

「いいえ」

「話にならぬ」

首を振った賢治郎へ家綱があきれた。

「橘《たちばな》の実などでいうそうだの。一つが腐れば、周りも傷むと。それと同じだ。これ以上黒鍬が腐敗する前に、入れ替えたほうがましであろう」

政をする者として正論であった。

「たしかに仰せのとおりだとわたくしも思いまする。しかし、巻き添えを受けた者たちはどう考えましょう。恨みをどこへ向けましょうや。もちろん、巻きこんだ連中に怒りましょう。それだけでは終わりませぬ。かならず恨みは上様にも向けられまする」

「逆恨みなど怖《おそ》れぬわ」

賢治郎の話を家綱は一蹴《いっしゅう》した。

「もちろん、そのような連中の誰も上様に近づけさせませぬ。ですが、口に戸を立てることはできませぬゆえ、芳《かんば》しくない上様の評判を止めることはかないませぬ。上様のお名前に傷が付くなど、わたくしが耐えられませぬ」

強く賢治郎が述べた。

「愛《う》いことを言う」

家綱の機嫌が回復した。

「では、どうするというのだ。このまま放置するなど許さぬぞ」

「ありがたきお言葉。もちろん、黙っているつもりなどございませぬ」

怒ってくれる家綱に、賢治郎は感謝していた。

「どうするつもりじゃ」

「綱吉さまと黒鍬者の間を離しましょう」

問われた賢治郎が答えた。

「ほう」

家綱が目を大きくした。

「まず綱吉さまにお目通りを願いまする」

一度家綱の使者として、賢治郎は綱吉と会っている。前例があれば、断りにくい。

「そこでいろいろなお話をさせていただこうかと」

「女のこともだな」

家綱が笑った。

先日まで綱吉は多少淫している嫌いはあったが、学問好きな名君の素質豊かな若き藩主であった。それが、伝の方を閨に呼ぶようになって変わった。女を知ったばかりの若い男と同じ羽目になった。女に溺れてしまったのだ。

「だが、女を知らぬそなたに説得力はないぞ」

「…………」

家綱の指摘に賢治郎がうつむいた。

「なんだ、その反応は……まさか。そなた」

赤くなった賢治郎に、家綱が気づいた。

「そうか。とうとう抱いたか」

家綱が喜んだ。

「それが、その、まだなのでございますが」

賢治郎が言いよどんだ。

「はっきりせい」

苛《いら》ついた家綱が、叱った。

「……月の障りが終わり次第と」

小さな声で賢治郎が告げた。

「三弥がそう申したか」

「……はい」

消え入りそうな声で賢治郎が首肯した。

「深室はどうだ」

家綱が賢治郎の義父作右衛門のことを訊いた。

「顔も見ておりませぬ」

襲撃以来、作右衛門はあからさまに賢治郎を避けていた。今まで一緒に摂《と》っていた朝餉《あさげ》さえ別にしだした。

「情けない奴よな」

家綱があきれた。

「よかろう。黒鍬者のこと、そなたに任せる」

そろそろ二人きりのときは、終わりにしなければならない刻限となった。気が散るという理由で他人払いしているが、他の小納戸や小姓たちにしてみれば、一人賢治郎がひいきされていると取る。役人のなかで突出すれば、かならず周辺から叩かれる。二人はどれほど話がしたくても、あるていどのところで終わらせるようにしていた。

「承って候」

賢治郎が平伏した。

三

月代を終えれば、賢治郎の役目はなくなる。御座の間から賢治郎は、控えである下の間へと下がっていった。

「豊後守をこれへ」

賢治郎といるときとは、一変した厳しい表情で家綱が命じた。

「ただちに」

小姓の一人が駆けだしていった。

「ご機嫌うるわしく」

待つほどもなく阿部豊後守が御座の間へ顔を出した。

「一同、遠慮せい」

形式である執政へのねぎらいの言葉を無視して、家綱が手を振った。

「はっ」

家綱の雰囲気に小姓たちが、諾々《だくだく》と従った。

「豊後……」

他人払いさせた家綱が、阿部豊後守を睨んだ。

「話しましたか、賢治郎めは」

阿部豊後守が嘆息した。

「やはり賢治郎は寵臣たりえませぬな」

「そなたが、それを言えるのか。いかに父の信頼厚き者とはいえ、このたびのこと許すわけにはいかぬ」

家綱は激怒していた。

「顕子に辛い思いをさせたのは、なぜじゃ」

「辛い……はて、御台所さまは楽しんでおられましたが」

阿部豊後守が怪訝な顔をした。

「なにを申すか。顕子が子をできぬことをどれだけ気にしておったか、そなたはわかるまい」

家綱が怒鳴った。

「知っておりまする。御台所さまより、直接お伺いいたしましたゆえ」

飄々《ひょうひょう》と阿部豊後守が言った。

大奥は男子禁制であった。だが、ごく一部だけ例外があった。医者と老中である。医者は当然で無制限だが、老中には条件があった。

一つは将軍が大奥に入っているときに、緊急の事態がおこった場合である。早急に指示あるいは許諾が要り、のんびり将軍が中奥へと戻ってくるのを待っていられないからだ。

もう一つが御台所と会うときである。御台所は、表にかかわらないとはいえ、大奥を取り仕切る。将軍の私《わたくし》を司っているといえる。幕府は、もともと徳川家の内政をそのまま大きくしただけである。奥の意見も採り入れてきた経緯があった。その名残《なごり》で、老中が御台所に会うことは認められていた。もっとも、老中たち執政にとって大奥は致命傷となりかねない悪意のある噂を生み出しかねないため、滅多にこの権を行使する者はいなかった。

「御台所と会ったのか」

「はい。お目通りをいただきましてございまする。そのおり、御台所さまより、子を産めぬことを申しわけなく思っているというお話をいただきましてございまする」

阿部豊後守が答えた。

「それを聞いていながら、そなたは今回のことを顕子にさせたのか」

「はい」

悪びれず阿部豊後守が認めた。

「きさま……」

家綱の顔色が変わった。

「御台所さまが、上様のお役にたちたいと。何一つ、上様のお手助けをしていないことが心苦しいとも」

「……顕子が」

阿部豊後守の言葉に、家綱の怒気が薄れた。

「夫婦は一緒に歩んでいくもの。上様は天下の政を担っておられる。ならば、妾は徳川の内を守ろうと」

「つっ……」

家綱が頬をゆがめた。

「御台所さまは、お覚悟をなさっておられましたぞ」

阿部豊後守が家綱を見あげた。

「上様、徳川の家を守るのは、将軍たる上様のお仕事でございましょう。徳川の家に波が起これば、天下が荒れまする。そうならぬよう芽を摘むのも将軍の務め」

「弟たちを排しろというか」

家綱が息を呑んだ。

「敵となるならば、躊躇《ちゅうちょ》してはなりませぬ」

阿部豊後守が断じた。

「敵だと……」

家綱が悲壮な顔をした。

「上様がご存命であるにもかかわらず五代将軍の話をする。これだけで謀叛といわれてもしかたございますまい」

「………」

正論に家綱は黙るしかなかった。

「泰平のおり、もっとも恐ろしいのはお家騒動でございまする」

そこで阿部豊後守が言葉遣いをかつて傅育だったころへと戻した。

「我らはお家騒動を理由に大名を潰しておる。家中でもめ事を起こすような連中に領内の政はできないとしてな」

阿部豊後守が続けた。

「他人に厳しくしておきながら、己に甘い。徳川将軍家が兄弟で相争った。これをどうするつもりだ。まさか、なかったことにするつもりではなかろうな。こう思われては一大事」

「……うう」

まだ子供だったころ、毎日阿部豊後守から政の肝要を教えこまれていたときのように、家綱は気圧《けお》された。

「天下を壊すぞ」

「それは……」

厳しい一言に、家綱が詰まった。

「賢治郎のことを含め、肚《はら》をくらぬか」

阿部豊後守が叱った。

「…………」

家綱が頭を垂れた。

「ご無礼をいたしました。どのようなお咎めでも異は申しませぬ」

すでに家綱は傅育している世継ぎではない。将軍であった。主君に対し、諫言《かんげん》とはいえ、あまりに常識を逸した態度であった。阿部豊後守が額を畳に押しつけて詫びた。

「……豊後守よ」

「なんでございましょう」

弱々しい家綱に、阿部豊後守が顔をあげた。

「躬は将軍でなければならぬのか」

「はい」

「弟に譲って、大御所となるわけには……」

「参りませぬな」

家綱の願いをあっさりと阿部豊後守は潰した。

「躬は、顕子と賢治郎がおれば、それだけでよい」

「二度とそのようなこと仰せられませぬように。上様を将軍として仰いでいる幕臣数万を嘆かせるだけでございまする」

阿部豊後守が告げた。

「躬には、小さな望みさえ許されぬのだな」

「生まれは己の思いどおりには参りませぬゆえ。上様が将軍となるべくしてお生まれになったのも天の配剤。御台所さまが上様のご正室さまとしてご下向なされたのも、賢治郎が松平の家を放り出され、深室の養子となったのも同じでございまする。努力でどうしようもないことが人の一生にはいくつもありまする」

少し阿部豊後守の声が和らいだ。

「これは将軍であれ、その日暮らしをしている庶民も同じ。皆、思いどおりにならぬ日常に苛立ちながらも、生きているのでございまする」

「皆同じだと申すが」

家綱が阿部豊後守を見た。

「はい」

「重すぎる。庶民ならば、己の命にだけ責任を負えばすむではないか。躬の両肩には、天下が、数千万の民の命がかかっている」

悲壮な顔を家綱がした。

「そのかわり、上様は明日の米を心配せずともよろしゅうございましょう。雨風で身体を濡らすこともなく、汗を流して働かずともよい。病になれば、大勢の医師が診療に走り回ってくれる。多くの者に傅《かしず》かれ、なに不自由なく生きていけるのは、上様が徳川の正統だからでございまする」

「…………」

家綱は言い返せなかった。

「人には人の苦労がございまする。我ら老中とて同じ。執政だと羨んで、その権を欲しがる愚か者は多うございますが、そのじつは、いつも身を苛《さいな》んで政をおこなっておりまする」

「身を苛んで……」

「はい」

阿部豊後守がうなずいた。

「我らが決める制令一つで、助かる者もいれば、財を失う者も出まする。年貢を少しあげるだけで、娘を売らなければならなくなる百姓が出るやも知れませぬ。他にも、我らが出した禁令で、家を失う商人が生まれることもございまする。それらの恨みを受けても、邁進《まいしん》するだけの覚悟がなければ、執政などできませぬ。しかし、外から見ているぶんには、そうは見えませぬ。ただふんぞりかえって、命令しているだけと思っておる者は多うございまする」

「躬もそうだと言いたいのだな」

家綱が悟った。

「恐れながら、さようでございまする。庶民から見れば、上様は贅沢な生活をし、大奥に天下の美女を集めて、思うがままにしているとしか思えませぬ」

阿部豊後守が告げた。

「まちがってはいないか」

苦い顔で家綱が認めた。

「……人には人の責がある。将軍には、将軍だけの務めがある」

「そのとおりでございまする」

満足そうに阿部豊後守が首肯した。

「将軍には天下を静謐《せいひつ》に保つ義務がある。なりたくてなったわけではないが、なった以上は、そうせねばならぬな」

「…………」

黙って阿部豊後守が頭を垂れた。

「頭子や賢治郎に笑われるわけにはいかぬ。肚を決めたわ」

家綱が言った。

「では、賢治郎をお手放しなされませ」

「手元に置いてはならぬか」

「はい。先だっても申しあげましたが、賢治郎は上様に近すぎまする。今回のことも、わざと賢治郎に教えましてございまする。はたして上様のお耳にいれるかどうか、わたくしは賢治郎を試しましてございまする」

「どうであった」

成績を家綱が尋ねた。

「不合格でございまする。政を担う寵臣となるのは、賢治郎では無理でございまする。賢治郎は上様に隠しごとができませぬ」

「躬に隠しごとか」

「はい」

遠慮なく阿部豊後守が認めた。

「主に隠しごとをするなど、不忠の臣であろう」

「いいえ」

はっきりと阿部豊後守が否定した。

「臣は主に吟味して報告をしなければなりませぬ」

阿部豊後守が述べた。

「主君はすべてを知らずともよいと」

「さようでございまする。主君は幹だけを知っていればよく、枝葉までは不要でございまする」

「それでは、理解が浅くなるであろう」

「どこまでお知りになられるおつもりか。、賢治郎にも申しましたが、人は神ではございませぬ。すべてを知り、すべてを理解することはできませぬ」

家綱の抵抗に、阿部豊後守が首を左右に振った。

「そう言うが、物事をよく知っているほうが、より正しき判断ができよう」

「いいえ。かえってよろしくありませぬ。多くの情報に惑わされたり、真実に見せかけた偽りにだまされたりしかねませぬ。上様は、政を最後に決められるお方。肝心要《かなめ》の芯柱さえ、おわかりいただいていればよいのでございまする」

「躬のところに届くものが、かならず正しいとは限らぬではないか」

「そうならぬよう、寵臣をお引き上げになられればよろしゅうございまする。寵臣は、不要なものをお伝えはしませぬが、決して主君に悪しきことだけは申しませぬ」

まだ言い返す家綱に、阿部豊後守が応じた。

「では、賢治郎を引き上げれば……」

「己でなにも考えず、とにかく上様にお話しし、すべてをお任せする。己で責任を取らぬと申しているも同然でございまする。このような輩をお引き上げになるなど、わたくしが反対いたしまする」

阿部豊後守が拒否した。

「…………」

家綱は何も言えなくなった。

「他におりましょう、人材は。かつてお花畑番であった者どもが。目付の遠藤《えんどう》隼人《はやとの》正《しょう》、大坂城代付きの田辺《たべ》卓磨《たくま》など、すでに頭角を現しておる者が」

「数年、顔を見ておらぬ」

出された名前に、家綱が不満を口にした。

「呼び寄せましょう。田辺を小納戸組頭に、遠藤は小姓組頭に。それで数年お手元で使われればよろしいかと」

「賢治郎ではだめなのか」

家綱がもう一度問うた。

「今のままでは、どうしようもございませぬ」

「……今のままでは」

阿部豊後守の含みに、家綱は引っかかった。

「前もお話しいたしましたように、一度お手元から離していただき、世間を教えねばなりませぬ」

そう言った阿部豊後守が、背筋を伸ばした。諫言の姿勢であった。

四

臣が主の前で背筋を伸ばすときは、無礼を咎められる覚悟で厳しい意見をするときである。主君も身を正して聞かなければならない。それができない主は、家臣から見捨てられてしまう。

「申せ」

家綱が諫言を許した。

「ありがとうございまする」

まず阿部豊後守が礼を口にした。

「賢治郎は、人を信じられませぬ。いえ、上様だけしか信じられませぬ。たしかに、あのような育ちかたをいたしたのでは、いたしかたないことではございますが」

「ふん。見過ごしていたそなたに言われたくはないであろうよ」

家綱が皮肉った。

阿部豊後守は、家綱の傅育であった。傅育はなにも家綱を育てるだけではない。将来家綱の側近となるべき者たちの見定めも任である。当然、阿部豊後守は、不意にお花畑番を辞した賢治郎の事情を知っていた。

「一人のために異例を作るわけには、参りませぬ。もし、あのときわたくしが賢治郎を別家させていたならば、もっと大きな波風が立ったでしょう。一人だけ別扱いを受ける者など、周囲の嫉妬を買うだけでございまする。まだ子供である賢治郎が、それに耐えられましょうや」

「ううう」

家綱がうなった。

「耐えられますまい。数年経《た》たずして、賢治郎は潰れたか、あるいは身を落としたか。

よかれと思ったことが、かえって悪い結果を生む。いくらでも転がっている話でございましょう。それに、あのころの賢治郎にそこまでするだけの価値はございませなんだ」

阿部豊後守が突き放すように言った。

「……………」

まだ家綱も子供だった。お気に入りの賢治郎がいなくなったことが気に入らなかった。そのときの恨みを阿部豊後守にぶつけただけである。

「苦労したことで、賢治郎も多少使えるようにはなりました。ただ、上様しか見えておりませぬ。あれでは、政はできませぬ」

「政はせぬと申していたぞ。栄達も望まぬと」

かつて賢治郎は、家綱の側にいられる月代御髪を辞めなければならないのならば、出世しなくていいと宣していた。

「逃げているだけでございまする。ようやく手にした上様のお側を離れたくないだけ。真の意味で上様のお役に立つことがなにかと、わかっていながら目を背けている」

「たしかに」

思い当たる節のある家綱も同意した。

「上様、どうなさいまするか。一度手放して、賢治郎を育てるか。このまま飼い殺しになさるか」

「…………」

　家綱が悩んだ。

「賢治郎がいなくなれば、躬を支えてくれる者がおらなくなる」

　力なく家綱が肩を落とした。

「……我らの責任だな」

　家綱の様子に阿部豊後守が口のなかで呟《つぶや》いた。

「お一人でのご辛抱はかないませぬか」

　阿部豊後守が静かに問うた。

「辛い……また賢治郎のいない日を過ごすかと思えば……」

　父親代わりだった阿部豊後守だからか、家綱がすなおに吐露した。

「上様、賢治郎と離れていた十数年、それは無駄でしたでしょうや」

「どういう意味ぞ」

　家綱が訊いた。

「久しぶりに見た賢治郎は変わっておりませんでしたか」

「変わっていて当たり前だ。十五年以上経っているのだぞ。子供でも大人になる」

なにを言うかと家綱があきれた。

「見た目ではございませぬ」

阿部豊後守が続けた。

「心根でございまする」

「……心根か」

「はい。賢治郎の上様に対する忠義は揺らいでおりましたか」

「いいや。賢治郎の忠義は同じであった」

家綱が首を左右に振った。

「ならば、今度も大丈夫でございましょう。それに、今度は十五年以上も会えぬというわけではございませぬ。一度は上様への甘えを消すため遠国へやりまするが、二年くらいを考えておりまする。決して三年はいかせませぬ。お約束いたしましょう」

「二年……」

阿部豊後守の話に、家綱が悩んだ。

「上様のご治世はこれからでございまする。今は家光さまのご遺志を受けたわたくしをはじめとする執政衆が、政をお預かりいたしておりまするが、これもあと数年でございましょう。わたくしが退かせていただいた後、上様によるご政道が真に始まりまする。そのとき、上様のお側にあるに、今の賢治郎では不足すぎまする」

辛い採点を阿部豊後守が告げた。

「将軍家とはいえ、天下の津々浦々まで知り尽くすことはかないませぬ。上様が直接かかわられる事柄は、御政道の一部。多くは上様の御目に留まることなく、進んでまいりまする。これはご不安でございませぬか」

「怖い。躬の知らぬところで話ができていく。しかし、その結果は躬が負わねばならぬ。震えるほどの恐怖だ」

家綱が述べた。

「ああ……」

阿部豊後守が天を仰いだ。

「いかがいたした」

不意に感極まった阿部豊後守に、家綱が不思議そうな顔をした。

「上様は真に天下人たる御資質をお持ちでございまする。政をおこなう。その権を怖いと仰せられた。ああ、これほどの喜びはございませぬ。力を畏れる者は、力に溺れませぬ。古来名君と呼ばれた方々は、誰もが謙虚でありました」

阿部豊後守が涙を浮かべた。

「今の上様のお言葉をわたくしは土産として、あの世に参れるかと思うとうれしくて……さぞ、家光さまもお慶《よろこ》びくださいましょう。もっとも、松平伊豆守は、上様のお口からお言葉を伺えず早死にしたことを悔やみましょうが」

楽しそうに阿部豊後守が言った。

「上様、一つだけご忠告を。天下人となったことに浮かれ、将軍親政などとして、力を振るう。それが恣意に過ぎぬと気づかず、権を吾がものと思いこむ。このような者が天下人となった世は地獄。きっと周りの者に意見をお求め下さいますよう」

「わかっているが、なにやらもう死ぬようなことを申しておるな。まだ躬の前から去るのは許さぬぞ」

家綱が命じた。

「承知いたしております。話をそらせてしまいました。申しわけございませぬ」

阿部豊後守が詫びた。

「躬の知らぬところで政が進む。その話であったな」

家綱が話を戻した。

「はい。では、それを賢治郎がしたとしたらいかがでしょうや」

「賢治郎が……」

　言われた家綱が息を呑んだ。

「さようでございまする。上様が直接かかわられるほどでない些末《さまつ》なことは、上様の御負託を受けた賢治郎がおこなう」

「…………」

　家綱が考えこんだ。

「賢治郎ならば、ご信用なされましょう」

　阿部豊後守が言った。

「できる。賢治郎ならばな」

「では、先ほどまでおりました小姓組頭では」

「無理だな。あやつは出世欲が強すぎる」

　あっさりと家綱が切って捨てた。

「よくご覧でございまする」

　家綱の評価を、阿部豊後守が称賛した。

「遠藤隼人正、田辺卓磨では」

「できぬとは言わぬが……」

ふたたびの問いに、家綱が濁した。

「もちろん、二人が優秀なのは確かである。人物も疑ってはおらぬぞ」

あわてて家綱が付け加えた。

「何がお気に召しませぬ」

それでも阿部豊後守が質問した。

「長く会っておらぬうちに変わったのではないかとの危惧《きぐ》がな。躬と同じ考えをするかどうかがわからぬ」

家綱が懸念を口にした。

「賢治郎ならば、まちがいないと」

「あやつは、躬のことをなによりと考えておるからの」

誇らしげに家綱が胸を張った。

「そこまで上様のお心を摑んでいるとは、うらやましい」

阿部豊後守が嘆息した。

「上様」

「わかった」

じっと家綱を見あげる阿部豊後守に、家綱は片手を挙げ、了承の意を示した。

「信じられる者に任さぬと、天下の政は将軍一人の手に負えぬのだな」

「おわかりいただけましたか」

阿部豊後守がほほえんだ。

「できれば賢治郎以外にも二人ほど、そのような者をお作りいただきたいと思いまする」

「急には無理じゃ」

家綱が否定した。

「で、賢治郎をどこへやるつもりだ」

あらためて家綱が尋ねた。

「政の機微を学ばせたいと存じまする。それと庶民の生活を目《ま》の当たりにさせたいとも思っておりまする」

「庶民の生活を」

「さすがに上様が直接お出向きになるわけには参りますまい」

「躬はかまわぬぞ。真実を知らずして、よい政はできまい」

家綱が意欲を見せた。

「お見事なお考えと感服つかまつりました。ではございますが、上様のお成りとなりますると、そうそう簡単には参りませぬ。日程の調整、警固の問題と」

将軍のお成りは厳重な警固のもとにおこなわれた。普段、将軍は江戸城の奥深いところにいる。命を狙おうにも、甲賀者、伊賀者、書院番、小姓番など何重もの警固を破らねば、将軍の居場所までたどり着けない。対して、外に出てくれれば、警固の書院番と小姓番、あとはせいぜい伊賀者だけですむ。なにより、弓矢鉄炮《てっぽう》が使える。家綱を亡き者としたい連中にしてみれば、お成りは絶好の機会である。

もちろん、家綱が襲われるなどすれば、大問題になる。それを避けるため、幕府は徹底した準備をしなければならない。警固の人選、行路の選定と調査などその手間たるや膨大なものとなる。

「手間がかかるな」

言った家綱が苦笑した。

「手間などどうとでもできまする。問題は、上様がご覧になる庶民でございまする」

「それも選ばれた者となると」

「はい。さすがに何があるかわかりませぬゆえ、あらかじめ用意した者とならざるを得ませぬ」

阿部豊後守が申しわけなさそうに頭を垂れた。忍のなかには、変装を得意とする者もいる。何十年来の商人、先祖代々の百姓になりすますなど容易《たやす》い。それらを排除するとなれば、こちらで身元の確かな者を用意するしかなかった。

「そうなれば、真実は聞けぬな」

役人が用意した者が、幕府の失点を口にするはずなどなかった。

「……………」

無言で阿部豊後守が肯定した。

「わかった。躬はここでおとなしくしておる」

家綱があきらめた。

「畏れ入りまする」

阿部豊後守が頭をさげた。

「で、賢治郎は結局どうなるのだ」

「で、どこぞの代官でもさせようかと考えておりまする」

「代官か。しかし、代官では家禄が合うまい」

五万石ていどの幕府領を預かる代官の身分は低かった。役高百五十俵の持ち高務めで、陣屋を与えられ、十人ほどの手代が付けられた。ただし、その職務は年貢の徴収から、治安維持、領内の街道整備など、広範囲にわたった。

「深室は六百石だ。代官にさせるわけにはいかぬぞ」

適材適所というが、そう簡単なことではない。幕府役人には、その職に就くだけの格や筋などが細かく決められていた。

「別家させてやられませ」

阿部豊後守が述べた。

「別家させてよいのか」

家綱も考えていたが、一人しかいない跡取りを別家させるというのは、いろいろと問題を生む。下手《へた》すれば深室の家が断絶しかねなかった。

「よろしゅうございましょう。深室作右衛門は、あまりに愚か。あの家に置いていては、賢治郎が潰されかねませぬ」

よく阿部豊後守も見ていた。

「松平主馬が苦情を申してくるであろう。賢治郎を養子に出したのを無にされるも同然だからな」

家綱が懸念を表した。

松平主馬は賢治郎の兄である。賢治郎をお花畑番から引き下ろし、深室家へ養子に出した張本人であった。三千石の寄合旗本であるだけに、幕府役人にも顔がきく。また、名門旗本として、要路とのつきあいも深かった。

「二百石ていどの禄ならば、文句は言いますまい」

阿部豊後守が答えた。

二百石ならば、六百石の深室家よりもはるかに格下になる。ようやく目通りがかなうぎりぎりであった。

「少ないであろう」

「代官になるにはちょうどよろしゅうございましょう」

「それはそうだが、あまりではないか。三千石から六百、次が二百では」

家綱は納得しなかった。

「代官を二年させて、その褒賞として抜擢してやればよろしゅうございまする」

「なるほどな」

「さすがにいきなり町奉行とは参りませぬが、目付くらいならばわたくしが押しこめまする。あとは同じことを繰り返せばよろしゅうかと。目付二年、遠国《おんごく》奉行二年、そうすれば次は町奉行でございまする」

「六年で政に加えられるか」

町奉行は、江戸の城下の治安を維持するだけでなく、寺社奉行、勘定奉行とともに幕政へ参加する権を持っていた。

「わかった」

家綱が姿勢を正した。

「賢治郎を手放す。いずれ、躬のもとへ帰すために」

「よくぞ、ご決心なさいました」

宣した家綱を阿部豊後守が満足そうに見た。


黒鍬者に与えられた組屋敷で一郎兵衛は、一人で苦い顔をしていた。

戦いの場にいなかった一郎兵衛は、怪我をした半蔵を背負い帰る途上で詳細を聞いていた。

「何という情けない」

「己の手柄とするために、仲間との連携を取らぬとは」

人数を揃《そろ》えていった襲撃の敗因は、あきらかにこれであった。

「三郎と矢地介二人失った。いや、仲間を捨てて逃げた連中も一組から放逐せねばならぬ。それよりも問題は生死が明らかでない矢地介だ。一応、自害するとは言っていたが……」

一郎兵衛は頬をゆがめた。

「止《とど》めを刺すべきであったか……」

小さく一郎兵衛は呟いた。

「もし矢地介が生きて捕まっていれば……今回が黒鍬者の仕業《しわざ》とばれる」

将軍の寵臣を襲ったのだ。その報復がどれほどのものとなるか、考えるまでもなかった。黒鍬組は取り潰し、責任者である一郎兵衛は死罪、残った者たちは役を追われる。幕府から罪を言い渡されて、職を失った者を雇うようなところはない。名乗りさえ要らぬ日雇い仕事で糊口《ここう》をしのぐか、黒鍬者として培った体術を駆使して盗賊になるか。どちらもできなければ、のたれ死ぬことになる。

「助かるには、牧野《まきの》さまにおすがりするしかないな」

牧野とは館林藩徳川綱吉の傅育《ふいく》であり、藩政を任された家老である。館林藩のすべては、牧野成貞《なりさだ》が仕切っていると言って過言ではなかった。

「少し早いが、藩士としてお取り立てを願おう。いかに幕府とはいえ、御三家をこえる館林藩士に手出しはできまい」

一郎兵衛は、神田屋敷へと足を運んだ。

将軍家綱の弟徳川綱吉は、神田橋御門を入った右手の神田館に居を置いていた。館林藩の家老牧野成貞は、城下にある屋敷から毎朝、夜明けとともに神田館へと入っていた。もと旗本である牧野成貞には、徳川家から与えられた屋敷があり、よほどのことがない限り、館に泊まることはなかった。

「殿は」

執務室に入った牧野成貞は、まず当直の小姓から綱吉の様子を聞く。

「奥にて御寝なされておられまする」

小姓が答えた。

「昨夜もお伝の方さまのもとへお出でか」

ほんの少し牧野成貞が眉《まゆ》をひそめた。

「お世継ぎさまをお作りいただかねばならぬゆえ、奥へお出向きはいただきたいが、あまり一人に寵愛を集中なさるのはよろしくないな」

牧野成貞が嘆息した。

「ご家老さま」

家老の執務室は、明かり取りとして一面が中庭に面している。その中庭から声がした。

「一郎兵衛か。どうした」

た。

蹲《つくば》いのところで一郎兵衛が平伏していた。

黒鍬者は士分ではない。いかに幕府譜代とはいえ、座敷に上がることはできなかった。

「お願いしたき儀がございまする」

「申せ」

「わたくしをお取り立ていただきたく」

うながされた一郎兵衛が求めた。

「それはすべてが成功してからとの約束であったはずだが」

「わかっておりまするが……」

一郎兵衛が顚末《てんまつ》を語った。

「黒鍬者が捕まって、裏を白状したかも知れぬと」

牧野成貞が感情のない声で確認した。

「申しわけございませぬが、わたくしの及ぶところではなく……」

言いわけをした一郎兵衛が続けた。

「このままでは、わたくしまで目付の手が伸びましょう。さすれば、わたくしとご家老さま、ひいては館林さまにも……」

一郎兵衛が脅迫した。

「なるほどな。たしかにそなたが捕まっては困る。わかった。そなたを士分として迎えよう」

「かたじけのうございまする」

あっさりと認めた牧野成貞に一郎兵衛が狂喜した。

「できるだけ早いほうがよかろう。今すぐに手続きを終わらせよう。誰かおらぬか」

牧野成貞が手を叩いた。

「お呼びでございましょうか」

家老の警固として詰めている番士が顔を出した。

「すまぬが、墨を擦《す》ってくれ」

「はっ」

番士が執務室に入り、硯《すずり》を出した。

「紙も頼む」

「これに」

硯と紙を番士が牧野成貞へ手渡した。

「…………」

　するすると牧野成貞が文字を示した。

「これを、あの者に渡してくれ」

　牧野成貞が紙を番士に渡した。

「……承りましてございまする」

　ちらと書付を読んだ番士が首肯した。

「ご家老さまの命である。受け取れ」

　番士が紙を一郎兵衛へ突き出した。

「その紙を持って勘定方に行け。当座の費用を出してくれるはずだ」

「ありがとうございまする」

　紙へ目を落としかけた一郎兵衛だったが、牧野成貞から声をかけられて一瞬、顔をあげた。

「死ね」

　両手に紙を持ち、顔を上げた形となった一郎兵衛の喉へ、番士が脇差を突き刺した。

「…………」

　苦鳴さえ出せずに一郎兵衛が死んだ。

「証人は不要だ」

氷のような目で牧野成貞が一郎兵衛を見下ろした。

「三途《さんず》の川の渡し賃は勘定方に行くまでもない。儂が恵んでやろう」

懐から紙入れを出した牧野成貞が、波銭を二枚出した。波形の模様が入っていることから、波銭と呼ばれ、一枚が四文であった。

「渡しは六文だが、釣りは要らぬ」

牧野成貞が告げた。

「始末しておけ」

「はっ」

番士が一郎兵衛の手が握りしめている紙を取りあげた。そこには殺せとだけ書かれていた。

「黒鍬とのかかわりを浅くせねばならぬ。殿のご寵愛を受ける女を探す一件、急がねばならぬな」

席へ戻った牧野成貞が呟いた。

第三章　義絶の裏

一

旗本、御家人は徳川家の家臣である。そのすべては徳川家のためにあり、婚姻、相続などすべてに幕府の許可が要った。

それら幕府への願いや届けは、右筆《ゆうひつ》部屋の認可を受けなければならなかった。

「寄合三千石松平主馬どのより、弟深室賢治郎義絶の願いが出ておりまする」

右筆部屋で一枚の書付が読みあげられた。

「待て、深室賢治郎と言えば……」

右筆組頭が書付の処理を止めさせた。右筆は幕府の書付を取り扱う。大名の跡目相続願いから、大奥の落とし紙購入願いまで、右筆の筆がなければ認可されない。当然取り扱う右筆は、筆が立つだけではなく、役人の人事や筋目などに精通していなければならなかった。

「御小納戸《おこなんど》月代御髪《さかやきおぐし》ではなかったか」

「さようでございまする」

確認する組頭に、老練な右筆が首肯した。

「月代御髪の深室は、留守居組深室作右衛門の養子で……」

「そんなことではないわ」

続けようとした配下を組頭が叱った。

「深室賢治郎は、お花畑番の出で、上様のご寵愛《ちょうあい》深い臣であったはずだ」

「………」

組頭の言葉に、さっと右筆部屋に緊張が走った。

「上様ご寵愛の弟を義絶する。松平どのはなにを考えておられるのでしょうや」

配下の右筆も戸惑った。

一門が将軍のお気に入りになる。これは慶事であった。お気に入りとなった家臣が出世するのはもちろんのこと、その恩恵は広く一族にも及ぶ。直接将軍から一族へ加増や出世が与えられることもある。そうでなくとも栄達したお気に入りの引きでいい思いはできた。

「深室賢治郎どのとの縁を深くしたいと、縁談や養子などを申し出るのならばわかるが……」

少しでもおこぼれをもらおうと、寵臣の周りには人が集まる。

「義絶でございますからな」

配下の右筆も首をひねった。

義絶は、一族としてのかかわりをいっさい断つ。冠婚葬祭に呼び、呼ばれもせず、火事に遭っても見舞いに行かない。これくらいならば、わざわざ届けなくても、個々で勝手にやればすむ話である。事実、表に出していないだけで、義絶をしている家はかなりあった。怨恨や行き違い、親の財産の分配でもめたなど、理由もさまざまであり、ほとんど幕府は口をはさまない。

「妙よな」

組頭が難しい顔をした。

幕府に届け出て、認可されたとき、これは正式なものとなる。赤の他人以上にかかわりをなくす。いわば一門のなかでもめていると表沙汰《おもてざた》にするに等しい。役目に就いている者ならば、解職の理由になりかねず、無役ならば、まず登用されなくなる。

「義絶は公表してなんの得もないどころか、損しかない。それをわざわざ寄合旗本がしてくる」

組頭が配下たちの顔を見た。

「よほど腹立たしいことがあったのか……」

「あるいは連座を避けるため」

右筆のなかでも経験の深い老練な者二人が言った。

「連座か……深室賢治郎にかんして、なにか知っている者はおるか」

組頭が問うた。

「いいえ」

「覚えがございませぬ」

「最後に見たのは、小納戸月代御髪への任命でございました」

口々に配下の右筆が答えた。

「ふむ」

組頭が腕を組んだ。

「書付に不備はない。普通ならばこのまま通すべきなのだろうが……」

「深室は上様のお気に入りでございまする。その深室に傷が付くような願いを通したとなれば、上様のご不興を買いましょう」

もっとも年嵩《としかさ》な右筆が意見を求めた組頭に答えた。

「かといって、突き返す理由もない」

組頭が嘆息した。

「面倒なものを出してくれるわ、この御仁は」

憎々しげに組頭が書付を見た。

「松平主馬どのといえば、奏者番《そうしゃばん》堀田備中守《ほったびっちゅうのかみ》さまのもとへ足繁くお通いであると聞いたことがございまする」

右筆はその役目柄、幕臣の人事にも大きくかかわる。そのため大名や旗本の交友関係などにも詳しくなければ務まらなかった。

「堀田備中守さまか。ならば放置でよかろう。これがご老中方と近いなどであれば、そうもいかぬが」

配下の情報を受けて、組頭が棚上げを決定した。

書付にまちがいがなければ、拒むわけにはいかない。ただし、右筆にはどの書付から処理するかを決める権が与えられている。当主急病中の跡目相続願いなど、急がねばならないもののときは早く、屋敷の改築願いなどさほど緊急でないものはゆっくりと処理するのが慣例となっていた。

「未決とする」

組頭が義絶の書付を別置きした箱のなかへほうりこんだ。

奏者番は激務であった。将軍へ目通りを願う者の取次から、献上品の紹介、家督相続のお披露目など、役目は多岐にわたる。

なにより奏者番が難しいのは、これらすべての家や品物について調べ、抜かりのないように覚えなければならないのだ。

三百諸侯と言われるように、大名だけでも多い。そこに旗本と公家《くげ》が加わるのだ。覚える数は膨大になる。さらにそれを将軍の前でまちがえずに口にしなければならない。役目に就いているときより、下調べの方が大変であった。

奏者番堀田備中守は、右筆部屋の前で足を止めた。

「備中守さま。いかがなされましたか」

右筆部屋の畳廊下で控えていたお城坊主があわてて寄ってきた。奏者番は、譜代大名の初役とされている。奏者番を経験して、寺社奉行、若年寄へと出世していく。将来の執政候補である。城内の力関係に聡《さと》いお城坊主が、ていねいな対応をするのも当然であった。

「どなたか、手すきのお方をお願いしたい」

「しばしお待ちを。訊いて参りまする」

すぐにお城坊主が右筆部屋へと消えた。

右筆部屋には、他見をはばかる書付が多い。そのため右筆部屋には老中、若年寄と目付、あと雑用係であるお城坊主以外の出入りは禁じられていた。

「組頭さまがお見えになりまする」

戻ってきたお城坊主が告げた。

「大儀であった。これを」

堀田備中守が白扇を一本お城坊主に渡した。

「お心遣いありがたく」

お城坊主が白扇を頭上にいただいた。

白扇は、財布を持ち歩けない城中での金代わりであった。各家によって白扇一本の値段は違ったが、後日屋敷へ持ちこめば現金と引き替えられた。

「お待たせをいたしました」

しばらくして右筆組頭が出てきた。

「いや、御用中にすまぬ」

堀田備中守が詫びた。

「お役のことで尋ねたいことがござってな」

「なんでございましょう」

組頭が質問を促した。

幕臣の縁組、異動、相続すべてを右筆は扱う。奏者番が質問するのに、これ以上の相手はなかった。

「寄合旗本の松平主馬どののことだ」

「松平主馬どの……」

先ほど話に出たばかりである。組頭が驚いた。

「なにかあったのかの」

堀田備中守が、組頭の様子を見て問うた。

「いえ」

「隠されるな。上様の前での披露に齟齬《そご》が出ては困る」

口を噤《つぐ》もうとした組頭に堀田備中守が近づいた。

「悪いようにはいたさぬ」

「…………」

堀田備中守に耳元でささやかれた組頭が黙った。

「奏者番は失敗の許されぬ役目」

将軍の前に立つのだ。言いまちがえ、事実誤認、失念などの失敗はまずかった。実際、何度か披露する家の内容を忘れた奏者番が、役目を解かれたうえ、閉門になった事例もあった。もちろん、出世の最初の段階で躓《つまず》けば、その後はない。

「無事に役目を果たし、拙者が昇進いたしたときは、貴殿のことを思いだそう」

「……それはっ」

組頭が堀田備中守を見た。

「遠国奉行は保証する」

ふたたび堀田備中守が声をひそめた。

長崎奉行に代表される遠国奉行は、港など要地を差配する。だけに余得も多く、長崎奉行を三年やれば、三代喰《く》えるなどと言われるほどであった。

「……ごくっ」

組頭が喉を鳴らした。

「約定は守りますぞ」

「……きっと」

堀田備中守の切った空証文《から》に組頭は手を出した。

「じつは本日……」

義絶の届けの話を組頭は漏らした。

「弟との義絶。さほど珍しい話ではないが、御上に届け出るなどとは聞いたことがない」

すでに松平主馬から聞かされているなど、毛ほども見せず堀田備中守が首をかしげた。

「でございましょう」

吾が意を得たりと組頭が首肯した。

「義絶はなったと」

「いいえ。ことがことでございますゆえ、しばし、棚上げにしておこうと。松平さまのお気が変わるやも知れませぬし」

組頭が答えた。

「いや、お見事なご配慮。皆の手本ともいうべきでございましょう。したが……」

一度持ちあげた堀田備中守が、眉《まゆ》をひそめた。

「御右筆としてはいかがでござろうか」

「と言われまするか」

不安そうに組頭が訊いた。

「右筆の任は、書付の是非でなく、書式の確認と保存、複写と各所への連絡であったかと思いまする。ここに恣意が入ってはよろしくございますまい」

堀田備中守が組頭を見た。

「昨今、右筆部屋に出した書付の返りが遅いという噂も耳にいたしまする」

「……それは」

組頭が口ごもった。

「もちろん、わたくしはわかっておりまする。書付の数が多すぎて、とても従来の人数では処理できかねていると」

「さ、さようでございまする。昨今、書付の数が膨大になりまして」

逃げ道を用意してもらった組頭が、喜んでのった。

「でござろう。わたくし以外にも心ある者は皆理解しておりますが、一度もお役に就いたことのない者のなかには、仕事が遅いだとか、ひいきしているとか、いろいろ申す輩《やから》がおりましてな。ああ、そんな者の相手をまともにすることなどございませぬが、悪意のある噂ほど拡がりやすいもの」

「ううむうう」

組頭がうなった。

「このような些事《さじ》で、貴殿の先に暗雲を呼ぶことはございますまい。たかが旗本の義絶でございましょう」

「ではございますが、なにぶんにも義絶される深室賢治郎は、お小納戸でござる。上様のお側《そば》近くに仕えている者に、私事とはいえ傷を付けるのはどうかと」

「なんと」

わざとらしく堀田備中守が感嘆した。

「お心遣いの細やかなこと、この備中守、感服つかまつった」

「いや、それほどでは……」

称賛に組頭が照れた。

「わたくしから上様へお話をいたしておきましょうや」

奏者番は一日に何度も将軍と会う。とはいえ、目付も同席するため、雑談することなどできないが、右筆ていどではそのあたりの状況を知らない。

「お願いできましょうや」

堀田備中守の策とは気づかず、組頭が縋《すが》った。

「お任せあれ。そのおり、気働きのできる者が、右筆におりますると、貴殿のお名前をお伝えしておきましょう」

「う、上様に……」

組頭が驚愕した。

「はい。では、松平主馬どのの一件、お進めを」

「ただちに」

すっかり堀田備中守に取りこまれた組頭が、うなずいた。

「布石一つ。これは幕府の権を使うため。あとは外での一手だな。取りつぶされた用人山本兵庫にかかわる者のなかには、不満や恨みがあろう。平穏な未来を奪われたのだ。そやつらをそのかせば……表と裏、両方から攻められれば、いかに腕が立とうとも、あがきようはあるまい」

右筆部屋から離れながら、堀田備中守が小さく笑った。

大名の婚姻、養子縁組などは、右筆から御用部屋へ送られ、そこで審議される。これは外様大名同士が繋がりを強くし、徳川へ叛旗を翻さないように見張るためのものであった。

二

それに比して、旗本の私事は、隠居と家督相続以外は届けるだけでそのほとんどは終わった。

松平主馬が出した義絶届けは右筆部屋で処理されたあと、その写しが目付部屋へと送られた。

目付は旗本の監察を任とする。罪を得た旗本を裁くことはないが、その一族一門への追及までが仕事である。一人の罪が一族に波及する連座を適用することも多い。そのために、目付部屋には、旗本の系譜が保管されていた。

「豊島《としま》氏」

目付田尾調所《たおずしょ》が、同僚の目付を呼んだ。

「どうかいたしたかの、田尾氏」

豊島が反応した。

非違監察を職務とする目付は厳格である。座席を立つにも、左膝《ひだりひざ》を起こしてから、右手を前腰に当て、右足のくるぶしを曲げ、足の力を使って垂直に立つ。

「これをご覧いただきたい」

近づいた豊島が、ふたたび作法通り座るまで待って、田尾が書付を渡した。

「拝見」

両手で受け取った豊島が、背筋を伸ばしたままで書付を読んだ。

城中における礼儀礼法の取り締まりも目付の役目である。そのため、目付は旗本の見本となるべく、普段の行動から礼法を駆使していた。

「貴殿が今月の書庫当番でござったな」

「……いかにも」

読み終わった豊島が首肯した。

「系譜に加えねばならぬな」

豊島が淡々と言った。

「おかしいと思われぬか」

「うむ」

田尾の言葉に豊島が首肯した。

「わざわざ義絶を届け出るなど」

「ああ。たしかに幕初のころは、散見されていたようだが、ここ十年では初めてではないか。少なくとも拙者は覚えておらぬ」

豊島が述べた。

戦国の気風が残っていたころ、些細な原因でもめ事が起こった。血の気《け》が多いというのもあるだろうが、すぐに義絶だとか、勘当だとかになった。

「一族の間での義絶ならば、相手に宣するだけでことはすむ」

「それをわざわざ御上へ届け出る。松平主馬と深室賢治郎は、本家と分家になる。本家でありながら、分家さえ差配できぬ無能と取られかねぬ届けを出すなど……」

田尾と豊島が顔を見合わせた。

「考えられるとすれば……」

「連座を避ける。それしかあるまい」

豊島が断じた。

「連座するほどのなにかが、あったか」

「いや、深室という名前は、目付部屋で出たことさえない」

二人がわからぬと思案に入った。

「最近といえば、旗本山本何某《なにがし》が斬殺されたの」

「順性院さま用人の山本兵庫だな。あれはたしかお家断絶となったはず」

豊島が思い出した。

「気になった一件であったな」

「ああ」

田尾の意見に豊島が同意した。

「山本は倒されたとはいえ、太刀を抜いていた。太刀の刃は欠け、血脂《ちあぶら》らしいものも浮いていた。抵抗したと考えるに十分だ。普通ならば奮闘を認められ、お咎《とが》めなし、家督はそのまま許される」

幕府は武で成りたっている。その中核たる旗本が、殺されるというのは外聞が悪すぎた。とはいえ、武芸には腕の差がつきものである。これを認めなければ、柳生《やぎゅう》のような剣術指南役はなりたたなくなる。ただ剣で劣っているからいたしかたなしとはいかなかった。たとえ勝てなくとも、勝負を挑んだ、あるいは抵抗したという心構えが重要視された。

そこで闇討ちに遭おうが、辻斬《つじぎ》りに襲われようとも、太刀を抜いているかどうかが問題とされるようになった。抜いていなければ、油断していたということで、お家取りつぶし、対して抜いていれば、腕の差で負けたが、精神では互角であったとして、無罪と決まった。

それが、山本には適用されなかった。

「阿部豊後守さまの横槍だったな」

「ああ。担当したのは吾ではないが、そう聞いている」

田尾の確認に豊島がうなずいた。

「理由はたしか……」

「上様のお心に染まぬことありであった」

豊島が答えた。

「上様のご意思だと、豊後守さまがここまで来られた」

「でなければ、認めぬ。目付は、老中の命に服さなくてもよいと定められている」

田尾が強く口にした。

監察は平等でなければならない。権力や金によってまげられるようであれば、誰も目付の命に従わない。目付は老中支配ではあるが、その差配を受けず、将軍直属として扱われた。

「上様のご指示とあれば、逆らえぬ」

いかに目付とはいえ、将軍の命には抗《あらが》えなかった。

「山本は順性院さま付き用人である。仕事は桜田の御用屋敷だ。上様のお目に留まるはずなどない」

「その山本を吾が意に染まぬとして上様が罰せられた」

豊島と田尾が難しい顔になった。

「義絶されるのは、小納戸月代御髪の深室賢治郎。そして深室賢治郎は、上様のお気に入りで、阿部豊後守さまとも親しい」

「貴殿、山本を斬ったのは、深室賢治郎だと」

田尾の話の内容の裏に、豊島が気づいた。

「だが、こう考えれば義絶に筋がとおる。松平主馬は深室賢治郎の兄だ。深室賢治郎と山本兵庫の確執に気づいていたとしてもおかしくはあるまい」

「旗本同士の私闘で、片方が死んだ。喧嘩両成敗は幕府の祖法だ。当然、深室賢治郎は罰せられる。理由の如何《いかん》は関係なく、喧嘩両成敗の基本で、深室賢治郎は腹切らねばならぬ」

田尾が語った。

幕府は世継ぎなしは断絶と同様に、喧嘩両成敗も定めていた。

これも幕初に喧嘩が頻発し、城中でも太刀を抜いての争いが多かったことによった。当初は、双方を取り調べ、その是非に応じて罪を言い渡していたが、そうなれば、互いに相手が悪いと言い張る。件数の多さと、その煩雑さに怒った幕府は、是非に及ばずと宣言して、喧嘩両成敗を決めた。

「上様のお側近くにいる者は、他に比べて厳格に己を律しなければならぬ。それだけに、不始末は重く罰せられる」

「弟に巻きこまれるのを嫌ったか」

「おそらくは」

二人の理解が一致した。

「見逃しにはできぬな」

「ああ。我らは監察である。知っていながらなにもしなければ、目付の意味はない」

豊島と田尾がうなずきあった。

目付の厳格さは音に聞こえていた。同僚を告発するなど日常茶飯事、親戚、親兄弟にさえ容赦しないのだ。将軍の寵臣とはいえ、遠慮することはなかった。

「目立っては、どこから邪魔が入るかわからぬ」

「二人でやるしかないの」

その任の性格上、誰がどのような案件を取り扱っているか、どこまで調べが進んでいるか、誰を探っているかなどは、仲間にさえ秘されていた。

「徒目付《かちめつけ》はどうする」

豊島が訊いた。

「使わざるをえまい。我ら二人で、城下のことまで調べるのは無理だ。徒目付もそのあたりはよくわかっていよう」

田尾が使うべきだと言った。

目付は、徒目付、小人目付、徒押《かちおさえ》、表火の番、黒鍬《くろくわ》頭、中間《ちゅうげん》頭などを従え、その用に応じて使用した。

「だの。では、早速命じてこよう」

豊島が立ちあがった。

目付部屋は総二階になっていた。半分が過去の記録や系譜などを保管する書庫であり、残りが徒目付の控えであった。

「これは豊島さま」

階段を上がったところで控えていた当番の徒目付が、豊島に気づいて平伏した。

「手すきはおるか」

「何名ご入り用でございましょう」

平伏したままで徒目付が尋ねた。

「二名じゃ」

豊島が告げた。

「お待ちを」

徒目付が控えへと入っていった。

目付の下役になる徒目付は、お目見《めみ》え以下で百俵五人扶持、普段は江戸城玄関の取りしまり、城内の警備などを担当した。御家人のなかでも腕の立つ者から選ばれ、場合によっては隠密《おんみつ》として、城下町や大名領へ忍んだ。

「徒目付佐倉次郎《さくらじろう》めにございまする」

「同じく山田蜂之助《やまだはちのすけ》でございまする」

控えから出てきた徒目付二人が膝を突いて名乗った。

「目付豊島治部《じぶ》である。今より、吾に従え」

「はっ」

「ご命どおりに」

豊島の言葉に、二人が頭《こうべ》を垂れた。

「書庫は空《あ》いているな」

「はい」

問われた当番の徒目付が首を縦に振った。

「よし。書庫で話す。ついて参れ」

豊島が二人の徒目付に指示した。

目付部屋の上にある書庫は、かならず一人で利用する決まりであった。なにについて調べているかを知られないようにとの配慮である。これも目付という仕事の秘密を保つためであった。

「座れ」

書庫の中央に立った豊島が、手を振った。

「はっ」

「ご無礼をいたしまする」

佐倉と山田が、正座をした。

「言わずもがなだが、この話は他言無用である。親兄弟はもとより、同僚に明かすことも許さぬ」

「承知致しておりまする」

「重々」

二人が首肯《しゅこう》した。

「順性院さま用人山本兵庫の死について疑念がある」

「山本兵庫さまと言われれば、先日争闘の末亡くなったお方でございますな」

「たしか、お家取りつぶしになったとか」

さすがに徒目付に選ばれるだけのことはある。佐倉も山田も山本兵庫の一件を知っていた。

「経緯も知っているな」

もう一つ豊島が確認した。

「目付方でお咎めなしとなったものを、御老中阿部豊後守さまが覆された」

佐倉が答えた。

「うむ。その後ろにあるものを探れ」

「よろしゅうございますので。御老中さまのご勘気に触れることになりかねませぬが」

山田が懸念を口にした。

「老中といえども、我ら目付は非違あれば訴追しなければならぬ」

豊島が宣した。

「恐ろしいゆえ嫌だと申すのではなかろうな」

厳しい目で豊島が二人を睨《にら》んだ。

すでに話を聞いてしまっている。今さら断りなど言えるはずはなかった。

「お申し付けのままに」

「ご指示に従いまする」

佐倉と山田が頭を垂れた。

「よし」

大きく豊島がうなずいた。

「では、より深い話をしよう」

「まだ……」

「…………」

老中を嗅《か》ぎ回るだけでも大概である。そのうえまだ深い事情があると言われて、二人の徒目付が息を呑んだ。

「肚《はら》をくくったはずだぞ」

豊島が厳しく言った。

「深室賢治郎を知っているか」

「いいえ」

「あいにく」

二人が首を左右に振った。

徒目付は御家人である。旗本とのつきあいはほとんどなかった。先ほどの山本兵庫のようになにかことでもあれば覚えているが、そうでなければまず知らなかった。

「小納戸月代御髪を勤めておる」

豊島が教えた。

「上様のお花畑番でもあった」

「……上様の寵臣」

山田が驚愕の声をあげた。お花畑番は将軍の幼なじみであり、月代御髪は刃物を持ったまま将軍の後ろに回れる唯一の役目である。

この二つを重ねれば、答えは一つしかなかった。

「その深室さまがなにを」

「山本兵庫を殺した下手人《げしゅにん》やも知れぬ」

質問した佐倉に、豊島が言った。

「なっ……」

「まさか……」

二人の顔色が変わった。

「上様ご寵愛の深室さまが」

「まだ確定したわけではない。その疑いが濃いと余は考えている」

見あげる山田に豊島が述べた。

「さすがに上様のお気に入りとなれば、強引なまねもできぬ。まちがいのない証拠でもでないかぎりは、手出しできるものではない」

「それを取ってこいと」

「そうだ」

確かめる佐倉へ、豊島が首肯した。

「申しつけたぞ」

用は終わったと豊島が書庫を出ていった。

「山田……」

「……佐倉」

残された二人が顔を見合わせた。

「御老中さまだけでもまずいのに、上様まで」

山田が震えていた。

「だが、お目付さまに逆らうわけにはいかぬ」

佐倉も頬をゆがめた。目付が命をきかなかった徒目付を放置しておくはずはなかった。それこそ身に覚えのない罪を押しつけられ、切腹改易《かいえき》の末路となりかねない。それをするだけの力を目付は持っていた。

「とりあえず、動くしかない」

「ああ。まずは、山本兵庫だな。屋敷はまだあったはずだ」

「ああ」

山田が同意した。

「そのあとで深室だ」

賢治郎のことは後回しにしようと佐倉が提案した。

目付部屋に残った田尾は豊島の帰還を見届けてから、二階へ上がった。

「田尾さま」

当番の徒目付が続けて目付が来たことに驚いた。

「どうかしたか」

何喰わぬ顔で田尾が問うた。

「いえ」

あわてて当番の徒目付が頭を下げた。

「徒目付を一人出せ。書庫で待っておる」

「はっ」

当番の徒目付が受けた。

「お呼びでございますか」

田尾のもとに若い徒目付が近づいた。

「うむ。目付田尾調所である。そなた名前は」

「鈴岡忠介《すずおかただすけ》でございまする」

徒目付が名を告げた。

「そなたには、寄合旗本松平主馬を探ってもらう」

「寄合旗本さまを」

鈴岡が少しだけ目を大きくした。

寄合旗本はおおむね三千石をこえる。旗本八万騎のなかでも一握りしかいない名門である。

「どのようなことを調べれば」

「どこに出入りしているか、一門はどうか、当主の評判、借財の有無などだ」

ごく普通の依頼だと田尾が述べた。

「承知いたしましてございまする」

一礼した鈴岡が、すぐに出ていった。

見送った田尾が帰ってくるのを豊島が待っていた。

「徒目付はこれでいい。あとは、我らがなにをいたすかだな」

「市中を出歩くわけにもいかぬ」

田尾が述べた。

目付は城中での監察を主とする。火事場巡検でもなければ、まず江戸城下に出なかった。

「城中で話を聞くなどすれば……」

「目立つであろうな。それこそ、すぐに豊後守さまに知られよう」

豊島が思案した。

老中の力は大きい。城中の役人のほとんどが、その顔色を窺う。うかつに動けば、すぐに注進に及ぶ者が出る。

「我らはなにもせぬのがよろしかろう」

「警戒させぬようにか」

「うむ」

「わかった」

田尾と豊島の考えは一致した。

三

賢治郎義絶の届けが出たことを、阿部豊後守はその日のうちに知った。

報《しら》せてきたお城坊主に、阿部豊後守は白扇を渡した。

「大儀であった」

お城坊主は、右筆部屋に出入りするだけでなく、書付の運搬もおこなう。右筆部屋から各所へ回される書付は、情報の宝庫である。お城坊主は、右筆よりも、書付の中身を知っていた。

「愚か者とは知っていたが、ここまで馬鹿とはな。ろくなことをせぬ。弟憎しばかりでどうする。己は家を継げただけよいと思わぬのか」

阿部豊後守が松平主馬を罵《ののし》った。

「どこかへ飛ばすか。江戸に置いておくよりはましだろう」

阿部豊後守が考えた。

「無理か。なまじ三千石もの名門だ。役に任じるとしても、勘定奉行、町奉行あたりでないと釣り合わぬ」

役目にはそれぞれ決められた役高があった。町奉行なら三千石と決められており、基本それに近い家禄の旗本が推挙された。

「初役というのを加味しても、大坂町奉行か、京都町奉行。あのような馬鹿に、町奉行などさせるわけにはいかぬ」

阿部豊後守が嘆息した。

「……放置するしかないのか」

打つ手がないと阿部豊後守が嘆いた。

「嫡子相続は家中騒動を減らすだろうが、ふさわしくない者を当主として選んでしまうおそれがある。だが、そうでなければ家光さまの将軍就任はなかった」

おとなしく覇気のなかった家光は父母から嫌われ、明るく活発な弟忠長《ただなが》に三代将軍の座を奪われそうになった。

それを駿河《するが》に隠居していた家康が止めた。長幼の序を堅持することこそ、お家騒動を防ぐ方法だとしたのだ。

「これについて、儂《わし》はなにも言えぬ」

家光が将軍でなければ、老中阿部豊後守もいない。長幼の序は、阿部豊後守も遵守しなければならない決まりであった。

「馬鹿とはいえ、三千石だ。その影響力は大きい」

三千石は大名の一歩手前である。いや、下手《へた》な外様大名よりも格は高い。一門には幕府要職や譜代大名も多い。

「しかし、義絶とは思いきったな。山本兵庫の裏を知ったからか。いや、このていどの主馬にあれが見抜けるとは思わぬ」

阿部豊後守は松平主馬を相手にしていなかった。

「賢治郎を義絶する。それを上様が知られればどうなるかくらい考えつかなかったのか。理解できる頭があるなら、端《はな》から賢治郎をお花畑番から退かしたりはせぬな」

将来の将軍側近となるお花畑番である。その身内にも恩恵は及ぶ。いくら気に入らぬ異母弟でも、普通は疎外しない。

「面倒だ。思いきって上様にお話しして、お心に染まぬゆえと放逐してもらう……」

旗本はすべて将軍から禄をもらっている。将軍の気に入らなければ、首になるのは当たり前であった。

「……冗談ではなく、本気でそうしたいがな」

阿部豊後守が苦笑した。

「年寄りに面倒をかけるとは、まったく」

小さく阿部豊後守はため息を吐いた。

賢治郎を襲い、返り討ちにあった山本兵庫の家は取りつぶされた。一度許された跡目相続が、後日拒まれた。

旗本にとって、家はすべてであった。先祖が戦場で命をかけて得た褒賞が禄であり、子々孫々まで受け継げる、生活の基盤でもある家の喪失は、大問題であった。

とはいえ、それに巻きこまれるわけにはいかなかった。山本兵庫の一族は、目付の決定に一応の抗議は見せたが、決定が覆らないとわかった瞬間、手を引いた。

「ふざけるな」

だが、そうはいかない者もいた。お家取りつぶしの影響をまともにくらったのは、山本家に仕えていた家臣たちであった。

旗本には石高に応じて、家臣を抱える義務があった。六百石の山本家には十四名内外の家臣がいた。そのうち侍身分が二人、残りは足軽小者である。主家が滅びれば、家臣は放逐される。いきなり家臣たちは無職になった。

なかには伝手《つて》を頼って新しい奉公先を見つける者もいるが、すでに天下は泰平で武家の内情は逼迫《ひっぱく》してきている。今さら人を抱えようという家は少ない。

「金目のものはいただいたが……」

潰《つぶ》された家を縁起が悪いと見限った親戚は、山本家の遺《のこ》したものいっさいに手を付けなかった。お陰で家臣たちの手に、差し替えの刀、道具類などが入った。

「売り払ったが、皆で分ければ雀の涙ほどしかないぞ」

山本家近くの寺で家臣たちが顔をつきあわせていた。

「今戻った」

一人の家臣が本堂へ入ってきた。

「どうであった。津野《つの》」

「けんもほろろであったわ」

津野と呼ばれた家臣が嘆息した。

「ご本家も力を貸してくれぬのだな」

「ああ。潰れたなど一門の恥である。その家臣であったものなど験《げん》が悪い。二度と屋敷に近づくなだそうだ」

津野が苦笑した。

「日頃本家だと偉ぶっていながら、なんだそれは」

家臣たちが不満を口にした。

「さて、これで最後の望みも潰《つい》えた。どうする」

大きく息を吐いた津野が一同を見た。

「蔵にあった米と金箱にあった金子《きんす》、そして屋敷にあった道具類。これらすべてを合わせた金を禄に応じて分配するのでよいな」

「うむ」

「けっこうでございまする」

一同が首を縦に振った。

「では……」

津野が金を勘定した。

「まず侍身分であったおぬしに十両。足軽身分の八名には五両、それ以外の小者たちは二両一分だ」

本堂の床の上に、津野が金を分けて置いた。

「いただこう」

侍身分であった一人が手を出した。

軍役に比して侍身分が少ないのは、かつて家臣を順性院の警固に使い、戦わせて失ったからであった。

続いて足軽小者も金を手にした。

「これで拙者の役目も終わった。皆と会うのもこれで終わりであろう」

津野が述べた。

「今度はよい主君に出会うことを祈っておるぞ」

立ち去れと津野が一同へ告げた。

「ごめんを」

「かたじけのうございました」

「失礼をいたしまする」

小者すべてと足軽の半数が去っていった。

「…………」

残った者たちを津野は見た。

「どうしたのだ。こちらの寺も今日までの約束じゃ。もう、ここでの寝泊まりもできぬぞ」

津野が尋ねた。

「このまますませろと」

侍身分の家臣が低い声を出した。

「なにか不足か、飯田《いいだ》」

「不足でござる。この先の安寧《あんねい》を奪われて、このていどの金で泣き寝入りをしろと」

「さよう」

「辛抱できませぬ」

飯田の言いぶんに残った連中が同意を示した。

「主君の仇討ちをすると」

「その気はない」

あっさりと飯田が否定した。

「女にうつつを抜かしただけでなく、路上に身を晒《さら》し、家を取りつぶされたような男のために使う命も忠誠もない」

　飯田が冷たく言った。

「皆もそうか」

「…………」

　あらためて訊いた津野に、足軽たちが無言で肯定した。

「では、どうしたいのだ」

　津野が質問した。

「我らが納得するだけのものをいただきたい」

　飯田が代表していった。

「欲しいと言っても、もう山本家にはなにもないぞ」

　旗本の屋敷は、幕府からの支給である。売り払うことはできなかった。

「一門衆にも期待はしておりませぬ」

　足軽の一人が付け加えた。

「…………」

　津野が黙った。

「用人をしていたおぬしならば、主君がなにをしていたか存じておろう」

飯田が述べた。

「……それがどうかしたのか」

「主君を斬った者が誰か知っているととっていいのだな、その返答は」

飯田が確認した。

「知っている」

はっきり津野が首肯した。

「そいつから金を取る」

「どうやって」

言い切った飯田に、津野が尋ねた。

「おぬしを入れて五人。この数で脅せばいい」

「主君が負けた相手だぞ」

津野が忠告した。

「たしかに主君は遣い手だった。だが、一人だった。一人対一人ならば、技量がものをいうだろう。されど、数でいけば話は別だ。衆寡敵せず。人には腕が二本しかない。同時に相手できるのは、二人までだ。五人には勝てぬ」

飯田が策を述べた。

「よいのか、皆は。旗本を脅すなど、捕まるぞ」

津野が足軽たちへ顔を向けた。

「大事ございますまい。お旗本が脅されたなどと訴え出られるはずはございませぬ。恥を晒すだけでございますから」

足軽の一人が首を左右に振った。旗本は武を誇りとする。たとえ刀を抜いた経験のない勘定方であろうが、名誉のためには戦わなければならないのだ。脅されて目付を頼るのは罪ではないが、世間は許さない。交誼《こうぎ》が切られるだけでなく、嘲笑《ちょうしょう》を浴びせられ、世間に顔向けできなくなった。当たり前だが、そうなれば役目も退かなければならなくなる。

「ふむ」

津野が己の取りぶんの金を見た。用人として山本家を差配してきた津野の手には小判が二十枚あった。

「もって一年だな」

津野が呟《つぶや》いた。

「改易された家の臣など、誰も欲しがらぬ」

「ああ」

「百姓になろうにも田畑もない。今さら商人になって他人に頭を下げるのも辛《つら》い」

「まったくだ」

津野の言葉に、飯田が相づちを打った。

「いくらあればよいか。百両や二百両では意味がないな。今後とも生きていくだけの手だてとなるだけは要《い》る」

「それだけの金が取れるのか」

「家を潰されるよりはよかろう。主君が誰に斬られたかわからぬとされている。下手人にしてみれば、助かったと思っているだろう。旗本同士とはいえ、相手を斬り殺してしまえば刃傷沙汰《にんじょうざた》だ。たとえ主君から斬りかかったとしても、無事ではすむまい。目付はそれほど甘くないからの」

津野が語った。

「一人あたり百両ほどあればよかろうか」

百両は大金であった。一両あれば庶民一家族が一カ月生活できる。

「……百両」

津野の出した金額に一同が目を剝《む》いた。

「百両あれば、それを元手に商売もできる。田舎《いなか》に田畑を買うこともな。いや、御家人の株くらいならば買い取れよう」

株とは、百俵に満たない貧乏御家人が借金の形として身分を売り買いすることであった。株を買えば、その家の名跡を継ぎ、禄をもらうことができた。

もちろん、株の売り買いは先祖の功を子孫が継承する代わりに、主君への忠誠を尽くすという幕府の根本を揺るがすものとして、厳しく禁じられていた。

とはいえ、借金で首の回らなくなった貧乏御家人にしてみれば、金が入るならばなんでもする。しっかり幕府の禁令の抜け穴を見つけている。株の売り買いではなく、養子縁組との形を取る。貧しい養親が持参金付きで養子を取る。そして金を受け取った養親は隠居し、養子に家督を譲る。こうやって売り買いという形を取らず、株を遣《や》り取りするのだ。

こうして、毎年そう多くはないが株の譲渡はおこなわれていた。

「どうだ」

用人として世知に長《た》けていた津野の話は、夢ではなく現実を示唆《しさ》していた。

「御家人の株を買う。武士になれる」

足軽たちがざわついた。

一応名字帯刀は許されているとはいえ、足軽は武士として扱われなかった。大名家によっては、名字を許さないあるいは脇差のみ差せるなどの区別をしているところもある。

なにより、足軽は武士たちから軽視される。それが武士への道が開けたのだ。一同が身をのりだしたのも無理はなかった。

「直臣《じきしん》か。悪くない」

飯田ものった。

御家人は貧しいとはいえ、徳川家の直臣である。山本家の家臣であった飯田や津野は陪臣でしかなく、御家人相手でも遠慮しなければならない。

「御家人になれれば、あとは己の才覚次第だ。うまくやれば、役付になることも、出世して旗本になることもできる」

津野がとどめの一言を口にした。

「主君と同じ旗本に……」

天下人である徳川家の家臣は、武士のあこがれであった。

「やるぞ」

「わたくしも」

「おなじく」

飯田が口火を切るや、皆が賛同した。

「よし。吾ものった」

津野も強く言った。

「ところで、相手は誰なのだ」

飯田が訊いた。

「小納戸深室賢治郎」

「……小納戸はまずかろう。上様に近すぎる」

答えに飯田が引いた。

「うむ。だから脅す相手は小納戸ではない」

「誰を脅すというのだ」

「小納戸はまだ部屋住らしい。そして当主は留守居番だ」

「留守居番に話を持ちかけるのか」

津野の案に飯田が確認を求めた。

「そうだ。嫡男の不始末が明らかになれば、当主まで影響は出るだろう」

「当然だな。当主はすべての責を負うものだ」

飯田がうなずいた。

「六百石ならば、五百両の金くらいでよう。しかも留守居番と小納戸の親子務めだ。主君山本兵庫さまのような、格下役で余得のない順性院さま用人とは違う」

冷たい声で、津野が言った。

大奥を離れ、桜田御用屋敷に移った前将軍の側室にも、扶持米は支給された。とはいえ、側室として大奥にいたころに比べると少なく、贅沢などできない。当然、その身の回りの世話をする用人も付け届けなどどこからもこない閑職であった。

「主君は余得どころか、順性院さまの気を引くために、無理を重ねておられたからの。金蔵は空っぽ、借金がないだけましだった」

用人は金の苦労も仕事のうちである。津野がしみじみと述べた。

「死んだお方のことなどどうでもよい」

飯田が手を振った。

「それよりも、どうやって留守居番と交渉する」

「下城のおりを狙うしかないな」

津野が策を呈した。

「皆で行くのだな」

「ああ。数で圧力をかける」

津野が首を縦に振った。

四

あらたな居場所を借りるなどしていた山本兵庫の家臣津野たちは、五日の後、深室家の近隣に潜んでいた。

「あれか」

「ではないか。立てている槍の紋が、深室と同じだ」

飯田が手をかざして確認した。六百石となれば槍を立て騎乗することが許される。

「では、行ってくる。万一のときは、頼むぞ」

山本家が取りつぶされた以上、家臣たちは浪人になる。浪人は武士ではなく、庶民である。深室作右衛門が開き直れば、津野たちは無礼者として町奉行に捕縛される。

「任せろ」

作右衛門の対応次第では、逃げ出さなければならなくなる。津野が捕らえられたときの奪還、退路の確保は飯田の仕事であった。

「何者だ。道を開けよ」

深室作右衛門の供をしていた槍持ち足軽が、前に立ちふさがった津野に気づいて誰何《すい か》した。

「卒爾《そつじ》ながら……深室さまとお見受けつかまつりまする」

ていねいに腰をかがめて津野が言った。

「いかにも拙者が留守居番深室作右衛門である。そなたは」

尊大に作右衛門が名乗った。

「ご無礼をお許しいただきたく。津野とだけお知りくだされば」

津野が名字だけを告げた。

「どこの者かと言えぬ輩の相手はせぬ。行くぞ」

身元の怪しい者と話すことなどないと、作右衛門は槍持ちの足軽に歩を進めるように命じた。

「お待ちを。深室賢治郎さまのご身分にかかわることでございまする」

「なにっ。賢治郎だと」

津野の言葉に、作右衛門は足を止めた。

「はい。少しだけお耳を拝借いたしたく。大小共にお預けいたしまするゆえ」

腰から抜いた両刀を津野が差し出した。

武士は何があっても脇差を離さない。戦いの道具である太刀と違い、脇差は己の身を守る、あるいは処するためのものとされ、主君の前でも身につけられた。

「……よかろう」

小者が前に出て両刀を預かるのを見た作右衛門がうなずいた。

「ご免」

一礼して近づいた津野が、ささやいた。

「順性院さま御用人山本兵庫さまを殺したのは、深室賢治郎」

「……なにっ」

作右衛門が目を剝いた。

「適当なことを言うな。今なら見逃してくれる。早々に立ち去れ」

大きく作右衛門が手を振った。

「よろしゅうございますので。この足で評定所まで参りますが」

旗本と庶民の争いは、目付でも町奉行所でもなく、評定所の管轄であった。

「むうう」

作右衛門がうなった。

評定所は訴えがあったからといって、かならず対応するというものではない。だが、訴えられたというだけで悪評が立つ。

役目に就きたい旗本より、役職が少ないため、どうしても奪い合いになる。己が役目を得るためには、誰かを蹴落とさなければならないのだ。留守居番を足がかりにさらなる出世をもくろんでいる作右衛門である。悪評はなんとしても避けなければならなかった。

「きさま、何者だ」

作右衛門も声をひそめた。

「大声で申しあげるわけには参りませんので、先ほどは申しませんでしたが……わたくしは山本家で用人を務めております。我が主《あるじ》山本兵庫と深室賢治郎さまの確執について、よく存じあげておりまする」

作右衛門の供にも聞こえないよう、津野はさらに小声になった。

「…………」

沈黙した作右衛門が津野を見た。

「…………」

津野も無言で見返した。

「なにが望みだ。仕官か」

「それは魅力でございますな」

津野がほほえんだ。

「ですが、わたくしだけではございませんので」

さりげなく津野があたりを見回した。

「仲間がいるのか」

作右衛門も目を周囲に飛ばした。

「当主が斬死したため、家が潰されました。禄を失ったものは十五名をこえまする」

津野が数を多めに告げた。

「十五名もの面倒は見られぬわ」

さすがに無理だと作右衛門は述べた。

「わかっております。なるようなお話をさせていただきたく」

「金か……」

そこまで言われて気づかないほど、作右衛門は鈍くなかった。

「さすがでございまする」

「いくら欲しい。十両か。二十両か」

作右衛門が投げ捨てるような口調で訊いた。

「五百両いただきたい」

「……馬鹿を申すな。そのような大金用意できるわけなかろう」

嵩の多さに、作右衛門が驚いた。

「高くはございますまい。六百石の深室家が潰れ、あなたさまも切腹しなければならないかどうかの瀬戸際でございまするぞ。五百両はおろか千両でも安いと存じまする」

津野が作右衛門を見つめた。

「…………」

作右衛門が黙った。

当主へ罪が波及するのは避けられなかった。これは武家が家というくくりで考えられているからであった。

「今すぐには返答できぬ」

作右衛門が選んだのは逃げであった。

「五百両というのは大金、ご用意に手間がかかるのは理解しておりまする」

わかりのいいところを津野が見せた。

「まだ払うとは申しておらぬぞ」

少し退いた津野に、作右衛門が勢いを取り戻した。

「しかし、いつまでもお待ちはできませぬ」

作右衛門の言ったことなど無視して、津野が続けた。

「なにせ、我ら喰うための禄を失いました。今はまだ手持ちの金でなんとかしておりまするが、それも数日で底をつきましょう」

そこで津野が一度言葉を切り、暗い目で作右衛門を見あげた。

「ご返事はつぎの宿直《とのい》明けの朝とさせていただきまする。こちらからお声をかけさせていただきまする。お断りあるいは、捕まえようと人を手配するなど、わたくしどもを失望させるようなことがございましたら、すぐに評定所へ訴えさせていただきまする。では」

言うだけ言った津野が、あっさりと踵《きびす》を返した。

「あ、ま、待て」

作右衛門が制止したが、津野は振り返ることなく辻を曲がり、見えなくなった。

「捕らえまするか」

「いや、よい」

供が訊いたのに、作右衛門は首を左右に振った。

「帰るぞ」

作右衛門が足を急がせた。

辻を曲がったところで、飯田が待っていた。

「うまくいったか」

「すぐには無理だ。五百両だからな。答えは三日後の朝となった」

焦る飯田に、津野が述べた。

「町奉行に報せるようなまねを……」

飯田が危惧した。

「そのようなまねをしたら、評定所へ駆けこむと脅してある」

津野が手は打ってあると告げた。

「評定所か。それは気づかなかったな」

飯田が感心した。

「念のため、我らも二手に分かれよう。飯田、おぬしに残りの連中のことを任せる。馬鹿をさせぬようにな」

「貴殿はどうする」

「儂は知るべを頼って、身を隠す。どちらかになにかあれば、深室と心中よ。評定所へ訴えればいい」

問われた津野が答えた。

「わかった。三日後の朝だな」

「うむ。ではの」

津野が飯田から離れた。

「うまくいったようでござるな」

一人になった津野に、そっと近づいた武士が声をかけた。

「これは宇野《うの》どの」

津野が応じた。

「さすがでございまするな。お教えいただいたとおり、評定所と言った途端、深室さまの顔色が変わりましてございまする。おかげでうまくいきそうで」

うれしそうに津野が報告した。

「それは重畳。ではございますが、津野どのには新たなお役をお願いしたい」

宇野が言った。

「なんでございましょう」

「次に深室と会ったとき、挑発していただきたい」

訊いた津野に、宇野が頼んだ。

「それでは、交渉がうまくいきませぬ」

「うまくいかないようにしていただきたいのだ。深室を怒らせ、貴殿以外の山本家遺臣の方々ともめ事を起こしてくだされ」

「深室家を潰せと」

宇野の意図を津野は読んだ。

「賢いお方は我が藩に要りようでござる。深室には潰れていただかねばなりませぬ。理由はお知りになられぬように」

「承知いたしておりますが……」

窺うような目つきで津野が宇野を見た。

「もちろん、褒賞は用意しておりまする。先だってお約束したご仕官、たしか五十石でございましたな。それを二百石とさせていただきましょう」

「二百石……」

津野が絶句した。

二百石といえば、堀田家では中士以上になる。山本家で用人を務め、年三十石だった津野にしてみれば、大出世であった。

「その代わり、御貴殿だけだが」

いっそう低く宇野が囁《ささや》いた。

「……ごくっ」

津野が音を立てて唾《つば》を呑んだ。

連日務めの代わりに昼までで下城できる賢治郎は、少し早い夕餉を屋敷で摂っていた。

「もう少しお召し上がりになりませんと」

給仕をしていた三弥が言った。

「動きもせずに喰いすぎれば、身に要らぬ肉が付く」

賢治郎は太るわけにはいかないと答えた。

余分な肉は動きを鈍らせる。だけではない、身体が重くなれば動くのがおっくうになる。どちらも剣を遣う者としては致命傷であった。

「吾より、三弥どのこそ、しっかりと食を摂られねばなりませぬぞ」

やっと生理が始まったばかりの三弥は、小柄で肉付きも薄い。

「……それはわたくしがまだ子供だと言われたいのでございまするか」

三弥の声音が低くなった。

「いや、そういう意味ではなく……」

女の機嫌を損ねて、いいことはない。そう悟った賢治郎はあわてて、否定した。

「少しでも早く、賢治郎どのを受け入れられるようになれと」

「うっ……」

露骨に言われて賢治郎は赤面した。

あの夜、二人きりになった賢治郎と三弥は口づけをかわしたが、それ以上には進めなかった。あまりに三弥が華奢《きゃしゃ》であり、賢治郎がためらったからだ。

「まったく。わたくしと同じ歳で嫁に行き、子まで生《な》した女子《おなご》もおりますのに」

三弥が不満そうな顔をした。

「…………」

「つごうが悪くなれば、すぐに黙られる」

賢治郎の態度に、三弥があきれた。

「お帰りいいいい」

門番の声が屋敷中に響き渡った。

「お帰りのようだな」

「はい。少し失礼をいたしまする」

出迎え見送り無用と作右衛門に言われている賢治郎と三弥は違う。三弥は当主の帰還を出迎えなければならなかった。

「おかえりなさいませ」

玄関へ出向いた三弥が、両手をついた。

「賢治郎はおるか」

帰宅のあいさつもなく、作右衛門が三弥に問うた。

「部屋におりまするが」

問われた三弥が首をかしげた。ここ最近、作右衛門は賢治郎をいないものとして扱っていた。

「………」

無言で作右衛門が歩き出した。

「父上さま、なにか」

三弥が訊いた。

「そなたは来るな」

作右衛門が三弥の参加を認めないと告げた。

「いいえ。賢治郎どののことならば、わたくしが知らねばなりますまい」

三弥が言い放った。

「ならぬ。今回はならぬ」

厳しく作右衛門が命じた。

「……はい」

当主は絶対である。三弥は苦い顔をしながら従った。

「賢治郎」

訪《おとな》いも入れず、いきなり作右衛門が襖を開けた。

「これは、ご当主さま」

すでに食事は終えていた。賢治郎は膳《ぜん》を片寄せ、上座を譲ろうと腰を上げた。

「座っておれ」

作右衛門が賢治郎を制し、後ろ手に襖を閉めた。

「…………」

賢治郎は黙って待った。目上がなにか言うまで口を開かないのも礼儀であった。

「山本兵庫を知っているな」

「知っているというほどではございませんが」

賢治郎は認めた。

「きさまが斬ったのか。隠すなよ」

「はい」

いきなりの詰問にも賢治郎は動じなかった。阿部豊後守の相手をしているのだ。作右衛門ていどの圧迫などないにも等しい。

「……なんということをしてくれた。きさま、深室の家を潰すつもりか」

作右衛門が怒鳴りつけた。

「いきなり斬りかかられたので、応じただけでございまするが、どこに不都合がございまする」

賢治郎は言い返した。

「黙って斬られていろと」

「それは……」

外で骸《むくろ》を晒すのが、どれほど旗本の家へ悪影響が出るか、作右衛門にもわかっていた。

「ところで、どこでそれを」

「報せてくれる者がいたのだ」

問われた作右衛門が答えた。

「すでに世間には知られている。そなたが人を斬ったとな。それがどれだけ深室の家を危うくするか、わかっているはずだ」

作右衛門が憤慨した。

「……………」

事実である。賢治郎は反論しなかった。

「そなたにはあきれ果てた。離縁してくれるゆえ、どこへなりと行け」

作右衛門が怒りを賢治郎にぶつけた。

「承りましてございまする。すでに山本のことは、阿部豊後守さまだけでなく、上様にもご報告を申しあげ、障りないとのお言葉をいただいておりましたが……ご当主さまのご命令とあればいたしかたございませぬ。明日、上様にお話し申しあげ、別家を願いまする」

「ま、待て」

淡々と言う賢治郎に、作右衛門の顔色がなくなった。

「上様もご存じだと」

「はい。お話し申しあげましたところ、躬の臣に対し言語道断であると。ゆえに山本家は取りつぶされた」

賢治郎は偽りとまで言えないが、真実でもない伝えかたをした。

「上様のお怒りを受けて取りつぶされたとあれば、仇討ちなど論外。たとえ評定所へ訴え出たとしても、阿部豊後守さまがお取りあげにならぬ」

作右衛門が納得した。

「安心した。だが、いつまでもうまくいくとは限らぬ。少しは自重せよ」

言った作右衛門が立ち去ろうとした。

「離縁のお話は」

「儂はなにも言わぬ。そなたの思うがままにせい。よいか、離縁は取り消した。まちがえるな。儂はそなたを離縁せぬ」

何度も念を押して作右衛門が部屋を出て行った。

「逃げたな」

家綱の名前に怖《おそ》れをなした作右衛門に、賢治郎はあきれた。

第四章　継ぎし者

一

紀州《きしゅう》大納言《だいなごん》徳川頼宣《とくがわよりのぶ》は、賢治郎に付けていた根来《ねごろ》者より報告を受けていた。

「黒鍬者もおろかであるな。五人やそこらで賢治郎を始末できるはずなどない」

「仰せのとおりでございまする」

同席していた紀州家家老三浦長門守《みうらながとのかみ》が同意した。

「何人いれば、賢治郎を討てる」

頼宣が根来者に問うた。

「帰還を考えず、賢治郎だけを始末するのであれば四名。生還を期すならばその倍は要りましょう」

根来者が答えた。

「帰還を考えずとは」

「爆薬を身につけ、相手に抱きつき自爆いたしまする。四人いれば一人は成功できましょう」

淡々と根来者が言った。

「派手だな」

聞いた頼宣が笑った。

「排除いたしまするか」

「いや。あやつは余の気に入りじゃ。あやつにかならず吾が月代をあたらせる。それまで見逃しておけ」

訊いてきた根来者に、頼宣が首を左右に振った。

「長門、賢治郎は、いや阿部豊後守はどう出るであろう」

「館林さまに釘を刺されるのではございませぬか」

三浦長門守が言った。

「あるだろうな。今のところ館林は五代将軍の座に野心を持っていないゆえな」

「今のところでございましょう。女が黙っておりますまい」

口の端を三浦長門守がゆがめた。

「伝とか言った黒鍬者の娘が、館林をそそのかすと」

「はい。黒鍬者の身分を上げる、待遇を変える好機でございまする。伝はなにも考えていなくとも、周囲が逃しますまい」

三浦長門守が推測した。

「黒鍬者の悲願……それは重いな」

頼宣が根来者を見た。

「そなたたちも同じであろう」

「………………」

根来者は返答しなかった。

忍の歴史は聖徳太子の時代まで遡《さかのぼ》る。聖徳太子のもとで情報を扱っていた志能便《しのび》という者が祖先だとされていた。聖徳太子が同時に十人の希望を聞き分けられたのは、志能便があらかじめ、誰がなにを願うのかを調べていたからだとも言われている。

この逸話からもわかるように、忍は権力者の裏であった。最初から調べは行き届いているとばれれば、聖徳太子の有能さも神秘も色あせる。権力者にしてみれば、人々から受ける尊敬にかかわってくるのだ。なんとしてでも忍を抱えていることを隠したい。これが、忍の地位を低いままに固定した。

なにせ、手柄をどれだけ立てようが表沙汰にしてもらえないのだ。

困難な任を果たしても、名乗りを上げられない。戦場で大声で名前を叫び、相手を討ち取って功績をあげ、出世していく武士とはまったく別物として忍は陰に追いやられた。それがさらに忍の蔑視へとつながった。

名のりさえできぬ卑怯者。それが武家における忍の評価であった。

武家にとって嘲笑すべき忍の地位が高いはずもなく、紀州藩における根来者も足軽扱いでしかなかった。

「引きあげてやろう」

「えっ」

頼宣の言葉に根来者が驚愕した。

「余の身辺警固の任を表にしてやる。そうすれば近習《きんじゅ》とまではいかなくとも、それなりの身分になろう」

「ま、まことでございまするか」

「余は虚偽を口にするほど愚かではない」

確認する根来者に頼宣は宣した。

「あ、ありがたき仰せ。我ら根来子々孫々までの忠誠を捧げまする」

感極まった根来者が平蜘蛛《ひらぐも》のように身を伏した。

「国元を締めておけよ」

「はっ」

根来者が受けた。

かつて根来者の一部が、頼宣の嫡男光貞《みつさだ》の誘いに乗って、頼宣の命を狙ったことがあった。

「長門、任せる。よさそうな役目と見合うだけの禄を見繕《みつくろ》ってやれ」

「承りましてございまする」

頼宣が雑務を三浦長門守に丸投げした。

「殿。深室はいかがいたしましょう」

興奮を治めた根来者が、頼宣へ訊いた。

「なにもせずともよい。見張りだけは怠るな」

頼宣が命じた。

「上様、甲府、館林へは」

忠誠を最大にまで登らせた根来者が、頼宣をうながすような問いを発した。

「討つか」

「いつでもご指示を」

根来者が姿勢を正した。

「上様に今死なれては面倒だ。五代の座は、吾ではなく、甲府か館林に行く。やるならそちらからだな」

「では、甲府を」

「いきなり殺すのもまずいな。阿部豊後守あたりがうるさそうだ。甲府にせよ館林にせよ変死すれば、まちがいなく最初に余の顔を思い浮かべよう」

頼宣が嫌な顔をした。

「伊豆がいなくなったとはいえ、豊後守は健在だ。光貞があのていどの器でしかないからな。また紀州家へ注目を集めるわけにもいかぬ」

頼宣の嫡男光貞は、いつまで経っても藩主の座を譲ろうとしない父に業を煮やし、殺そうとしていた。

「己のなかの願いも鬱屈《うっくつ》も抑えられぬような奴では、幕府の策謀の相手などできぬ」

頼宣は光貞を見限っていた。

「父家康の嫡子相続の決まりさえなければ、廃嫡してくれるのだが……」

家康の息子という矜持《きょうじ》をもとに天下を希求している頼宣である。さすがに家康のしたことを否定するわけにはいかなかった。

「まあ、余が天下人になれば、すむ話だがの。天下を手にするまでは器量がいるが、安定させるには凡庸がいい。だから父家康は、兄秀忠を二代将軍とした」

辛辣《しんらつ》な評価を頼宣は秀忠につけていた。

「もっとも光貞は、秀忠にさえ劣るが……」

頼宣が嘆息した。

「傅育《ふいく》に任せきりだった余が悪い。余が父の膝の上で天下の政を見ていたように、光貞を側に置いておくべきであった」

「殿……」

三浦長門守が気遣った。

「今さら申しても詮《せん》ないことよ。根来よ」

後悔を捨てて頼宣が根来者へ顔を向けた。

「甲府を死なぬていどに脅せ。将軍になりたくなくなるようにな」

「はっ」

根来者が受けた。

賢治郎は作右衛門の行動への不満を誰にも明かせなかった。阿部豊後守に言ったところで、相手にされないであろうし、家綱に漏らそうものなら、作右衛門は隠居を命じられることになる。

賢治郎は不満をうちに抱えていた。

「どうした」

いつものように月代御髪をすませ、下部屋へ向かっていた賢治郎に声がかかった。

「……大納言さま」

頼宣が賢治郎の後ろにいた。あわてて賢治郎は片膝をついた。

「やめい。城内じゃ。礼を尽くされるのは、上様だけでいい」

頼宣が手を振った。

「なにより、そなたと余の仲に礼儀は要らぬ」

「大納言さま」

賢治郎はあたりを見回した。何人かが驚いた顔で二人を見ていた。御三家紀州徳川の当主から親しげに声をかけられている若い旗本は、目立っていた。

「お慎みいただけませぬか」

頼宣の思惑はわからなかったが、城内で声をかけられたことで起こる影響は大きいと賢治郎は嘆息していた。

「余に慎めなどと言えるのは、阿部豊後かそなただけだの」

おもしろそうに頼宣が笑った。

「さすがは、吾が息子」

「なんと」

「そんなことが」

頼宣の発言に、周囲で様子を窺っていた者たちがざわついた。

「大納言さま……」

さすがに賢治郎は口調を尖《とが》らせた。

「余の娘婿となるなら、息子であろうが」

頬をゆるめたままで、頼宣が言った。頼宣に適齢の娘はいない。そこで頼宣は三浦長門守の娘を養女にして、賢治郎に嫁がせようとしていた。

「わたくしは深室家の婿でございまする」

冗談ではないと賢治郎は否定した。

「止めたらどうだ。あまりていねいに扱われていないようだが」

「それは……」

賢治郎は言葉を失った。

「己でもわかっているのだろう。深室に居場所がなくなったと」

周囲に聞こえるように大声で話していた頼宣が声をひそめた。

「……………」

賢治郎は返答できなかった。

「深室の娘がよいのならば、連れて来い。さすれば二千石、今すぐにでもくれてやる」

光貞が頼宣の命を狙って派遣した根来者を賢治郎が撃退した。その褒賞として、頼宣は己の死後遺産分けとして、賢治郎に二千石与えると約していた。

「松平の名跡も許そう」

家康の息子である頼宣には、松平の姓を下賜する権があった。

「……………」

厚遇に賢治郎はなにも言えなくなった。

「余は、それだけそなたを買っている。上様の寵愛がなければ、願って吾が家臣としているところだ」

最大の褒め言葉であった。

「そこまで……」

武士は己を知る者のために死すとも言われる。賢治郎は感動した。

「本日の任は終わったな」

「はい。先ほど」

訊いた頼宣に、賢治郎は首肯した。

「では、暇だな」

「暇と仰せられるのは、いささか……」

昼過ぎでの下城を認められているとはいえ、これは特例であった。他の小納戸たちからしてみれば、将軍の寵愛をよいことに、当番、宿直番をせず楽をしていると思われている。それだけに大っぴらに暇と言われるのは、賢治郎にしては遠慮してもらいたかった。

「言葉をいじっても意味は変わらぬわ」

頼宣が笑い飛ばした。

「つきあえ」

そう言うと頼宣は賢治郎の返答を待たずに背を向けて歩き出した。

「どちらへ……大納言さま」

行き先を問うたが、さっさと頼宣は進んでいく。やむなく、賢治郎も続いた。

「馬鹿が多いな。幕府も」

「答えにくいことを……」

歩きながら述べる頼宣に、賢治郎は苦笑した。

「知っているか。そなたの兄松平主馬が、義絶届けを出したことを」

「……いいえ」

賢治郎は首を左右に振った。

「書式が調っていたゆえ、右筆が受け付けたそうだ」

「どこでそれを」

当人よりも詳しい頼宣に、賢治郎は驚いていた。

「藩主というのはな、家を守らねばならぬのだ。そのためには、あらゆるところに伝手を持たねばならぬ。多少の金で安泰が買えるなら安い」

暗に右筆たちを金で飼っていると頼宣が告げた。

「どう感じた」

「……実家との縁が切れるのは寂しい気もいたしますが、素直な感想としては、今さらという感じでございまする」

賢治郎が答えた。

「だな」

頼宣が同意した。

「それくらいのこと、主馬はわかっていなかったのか」

兄とはいえ、ほとんど交流がないどころか敵対してきた相手である。賢治郎はわからないと言うしかなかった。

「他人の心などわからぬで当然だな」

頼宣がうなずいた。

「となれば、なんのためにしたのか」

「よほど、わたくしのことが腹に据《す》えかねたのでございましょう」

賢治郎は想像した。

「それこそ、今さらであろう。おそらく、そなたが生まれたときから、主馬は気に入らなかったと思うぞ」

「……………」

鋭い指摘に賢治郎は黙った。

正室の子である松平主馬にとって、側室腹の賢治郎は生まれたときからさげすむ対象であった。長幼の序を大切にする武家でも、正室から生まれた男子が嫡男となった。これは武家の婚姻が個人ではなく、家と家のものだからである。両家の血をまじえることで、次代を産み、一族として強固な絆を持つ。これが武家における婚姻であった。当然のことながら、正室が子を産めば、この子が次代の当主となる。これぱかりは長幼の序の枠外とされた。

それだけ正室の子供は優遇された。

ましてや、松平主馬は正室で長男、生まれたときから跡継ぎとして格別な扱いをされてきた。その兄が、側室から生まれた弟をかわいがるはずもなかった。兄弟とはいえ、最初から大きな格差があったうえ、武家において側室の子供は、母屋で生活させてもらえないのが普通である。さすがに庶民のような別宅というわけではないが、多くは庭の片隅に建てられた離れで、生母とともにいることが多い。

正室の子供は離れに行かず、側室の子供は母屋へ入れない。触れあわないのだ。

人は顔を合わせ、話をすることで関係を構築し、親しくなっていく。それが松平主馬と賢治郎の間にはなかった。情愛のない相手だけならまだよかった。松平主馬にとって、賢治郎は敵だった。

たしかに正室の子であり嫡男である己が家督を継いだ。どこからも異論はでなかった。だが、それは永遠を保証するものではなかった。

賢治郎が次の将軍と決まっている家綱の寵臣となるかも知れないのだ。今はまだ、将軍世子の遊び相手だが、いずれ腹心になり、執政へと登っていく。なにせ目の前に松平伊豆守信綱、阿部豊後守忠秋《ただあき》という例がある。

一門から執政が出れば、繋がる者全部が引きあげられる。少なくとも、無役ではなくなる。賢治郎の将来を見こした連中が、いつ主馬に家督を譲れと言い出すか。妾腹の弟に家督を奪われる。恐怖に駆られた主馬は、賢治郎をお花畑番から引きずり下ろした。

兄弟に埋めきれない亀裂が入った瞬間であった。

「今さら、なぜ義絶などという家の恥を言い出したのか。その裏をわかっているな」

「…………」

思いあたることのあるだけに賢治郎は沈黙せざるを得なかった。

「隠さずともよかろう。水くさいまねをするな。余は知っている。女の美貌《びぼう》に落ちた愚かな男の末路をな」

頼宣が賢治郎を叱った。

「ご存じでしたか」

賢治郎はあまり驚かなかった。それくらいのこと、頼宣は知っていても不思議ではないと賢治郎は今見せられたばかりであった。

「あそこまではまっているとは思わなかったがな。一度も抱かしてさえくれない女に、よくもまあ、命までかけられたものよ」

頼宣はあきれていた。

「いや、女とはそういうものだな」

しみじみと頼宣が言った。

「さようでございますので」

「そなたも知らぬか。まあ、女の怖さを知るのは不惑をこえてからでないと難しいの」

問う賢治郎に、頼宣が笑った。

「不惑……」

四十歳に届くまで、賢治郎はあと十六年ほどある。

「もっと早く知ることはできるがの。男ならば四十くらいまでは、女などに気を削《そ》がず、役目に邁進《まいしん》すべきだ。四十を過ぎて、少し仕事に慣れ、余裕ができたならば、女を見ればいい」

「四十歳まで我慢しろと」

「まちがえるなよ。女を抱くなと言っているわけではないぞ。女を抱かぬと子ができぬ。子なしは断絶が決まりだからな」

幕初から続いているこの決まりは、昨今多少の緩和を受けて、末期養子の一部が解禁されたりしてはいるが、それでも原則には違いなかった。家康の四男松平忠吉《ただよし》にも適用されただけに、例外は認められにくい。

「楽しみで女を抱くなという意味だ。女の味を知るのは、四十こえてからでいい。それまでは本能で抱け。次代を産み出すために睦《むつ》み合え。そして跡継ぎができ、己の仕事も一段落したとき、女を知るために抱け」

「………」

賢治郎は頼宣の言いたいことを理解できなかった。

「わからぬか。無理もないな。まだ女を知ってさえいない身では、楽しいか辛いかさえわかるまい」

頼宣が述べた。

「仕事に慣れた。日常に変化がなくなった。こうなってしまえば、人は腐る。なににも興味が湧かず、老いていくだけになる。よいか、これは年寄りの本音だと思え。人は心が動かなくなったときに死ぬ。身体は死ななくても、心が死ぬ。心の死んだ人など、飯を喰い、糞をするだけのものだぞ」

「生涯なにかに興味を持てと」

「そうだ。上様への忠義とは別だ。忠義は死ぬまで持ち続けるもので、薄くしてはならぬ。だが、これも心が死んでしまえば色あせる」

「忠義は絶対でございまする」

賢治郎は強く反発した。

「そう言い続けたいならば、心を死なせるな。そのために四十をこえたら女にはまれ」

「えっ……」

論の展開に賢治郎は戸惑った。

「子を作らなくてよいとなったら閨《ねや》ごとを楽しめと言っている」

「…………」

賢治郎は応答できなかった。

「そなたは知るまいが、女はすべて別ものだ。いや、同じ女でも昨日と今日では違う。その差を楽しめ」

「同じ人なのに違うと」

「そうだ。言わずともわかろうが、人は老いる。十六のときの妻と二十五の妻は違う。肉付きから考え方から、全部変わる。子供を産んでも変わる。それが女だ。女は娘、妻、母と変化し続ける。一人の女でさえ、めまぐるしく変化するのだ。別の女となれば、初めての体験の連続だ。ああ、こんなことが、こんなところが、と会うたびに、話すたび、抱くたびに新しい発見がある」

「そんなに……」

三弥さえまだ知らぬ賢治郎には、想像できない。

「女を抱く楽しみでももたねば、やってられぬしの」

少し声を低くして頼宣が息を吐いた。

「大納言さま……」

「のう賢治郎よ、上様もそうだが、余も幸せなのかの」

「なにを仰せられまするか」

賢治郎は息を呑んだ。かつて同じようなことを家綱が言っていた。

「上様だの、紀州大納言だのと持ちあげてはくれるが、なにもさせてもらえぬ。上様は老中どもの言うなりだ。余は付け家老たちの進言とやらなしには、なにもできぬ」

「お言葉が過ぎましょう」

家綱を傀儡《かいらい》扱いした頼宣に、賢治郎は訂正を求めた。

「本気で言っているのか」

「それは……」

冷たく見返されて、賢治郎は詰まった。

「本音を言え」

頼宣が命じた。

「いささか、上様のお心に染まぬときもあるようには見受けられまする」

賢治郎は気遣った言い回しを使った。

「それが、そなたの限界よな」

小さく頼宣が首を左右に振った。

「今のは、上様に気を遣ったのか、それとも執政たちの名誉を考えたのか」

家綱側に走ったとも言いきれない賢治郎を、頼宣は情けないという顔で見た。

「………」

賢治郎は返答できなかった。

「どこも丸くはつきあえぬ。味方のおらぬ者は使いものにならぬが、敵を作れぬ者は話にならぬ。どちらつかず、敵も味方も同数いる。そんな奴などいなくてもよいわ」

辛辣な言葉を頼宣が浴びせた。

「今のままでは、そなたは寵臣たり得ず」

頼宣は、そう言い捨てた後、黙った。

二

目上に話しかけるのは無礼である。賢治郎も沈黙したまま、二人は御座の間へと着いた。

「紀州大納言、上様にお目通りを願いたい」

家康の息子とはいえ、臣下である。頼宣は小姓組頭へ家綱への取次を頼んだ。

「しばし、お待ちを」

「ああ、深室を伴ってのお目通りをいただきたいと伝えてくれるように」

頼宣が付け加えた。

「深室を……」

小姓組頭の眉がつり上がった。

「余の用件にかかわるのだ」

声を少しだけ頼宣が大きくした。

「わかりましてございまする」

家康の息子の権威は大きい。小姓組頭が御座の間へと消えた。

「これで、断られることはなかろう」

頼宣が口の端をゆがめた。

御三家の当主とはいえ、将軍にとっては家臣の一人である。目通りを許す許さないは、将軍の気分次第であった。とはいえ、寵臣を伴ってとなると話は変わる。

「お目通りをくださいまする。なかへ」

小姓組頭が戻ってきて述べた。

「ご苦労であった」

鷹揚《おうよう》にうなずいて頼宣が、御座の間へ入った。

「………」

賢治郎は不審な顔をする小姓組頭へ一礼して続いた。

「上様におかれましては、ご機嫌うるわしく、大納言恐悦至極にございまする」

御座の間下段の中央まで進んだ頼宣が平伏した。

襖《ふすま》際で賢治郎も倣《なら》った。

「紀州の叔父にも変わりない様子。なによりじゃ」

家綱が挨拶を返した。

「で、本日はどうした。後ろに賢治郎が控えているようだが……」

用件を家綱が問うた。

「上様にお願いがございまする」

「ほう、珍しいな。叔父が躬《み》に願いごととは。なにか」

家綱が促した。

「この深室賢治郎を、お貸しいただきたく」

「な、なにを」

「えっ」

頼宣の願いに、家綱と賢治郎は驚愕した。

「馬鹿な」

同席していた小姓組頭も絶句していた。

「本音を申しあげますると、我が家臣としていただきとうございまする」

家綱がすぐに拒んだ。

「それは許さぬ」

「……上様」

間をおかずの反応に、賢治郎は感激していた。

「ゆえに、お貸しいただきたいとお願いいたしております」

頼宣がもう一度言った。

「貸せとはどういう意味であるか。賢治郎は躬の月代御髪を一人で務めておる。叔父に貸せば、躬の身形《みなり》を整える者がおらぬ」

家綱が訊いた。

「承知いたしておりまする。御用を終えてからでけっこうでございまする」

「用を終えてからだと。半日だけでいいのか」

怪訝《けげん》な顔を家綱がした。

「はい。御用を終えてから、日が暮れるまででよろしゅうございまする」

頼宣がうなずいた。

「一日くらいならば、躬に言わずとも……」

「いいえ。一日ではございませぬ。いつまでとは申せませぬが、当分の間お貸しいただきたく」

言いかけた家綱を頼宣が遮った。

「無礼でござるぞ」

小姓組頭が注意をした。

「黙れ。上様のお叱りなれば、喜んで受ける。この大納言、そなたていどの小者に侮られる所以《ゆえん》はない」

頼宣が小姓組頭を怒鳴りつけた。

「…………」

今生きている大名のなかで一人大坂の陣を知っている戦場往来の武将の圧力を受けた小姓組頭が沈黙した。

「大納言さま」

気迫を押しのけて、賢治郎は口を出した。

「上様のお言葉を途中で遮るなど、いかに大納言さまといえども、なさるべきではございませぬ」

「そうであったな。上様、ご無礼をご容赦くださいませ」

あっさりと気迫を引き、頼宣が頭を下げた。

「な、なにっ」

軽く扱われた小姓組頭が、賢治郎を睨みつけた。

「…………」

賢治郎は苦い顔をした。こういうことの積み重ねが、賢治郎を周囲から浮かせていく。

「叔父を咎めるつもりはない」

家綱が無礼は許すと告げた。

「したが、なんのために賢治郎が要るか、理由を聞かせよ」

「使いものになるよう、育ててみとう存じまする」

質問された頼宣が答えた。

「賢治郎が使えぬと」

「まったくの役立たずではございませぬ。少なくとも、今御座の間にいる有象無象のなかでは出色でございましょう」

確認する家綱に頼宣が述べた。

「なっ……」

「…………」

御座の間下段両脇に控えている小姓組の士が、怒った。

「叔父よ。あまりいじめてやるな」

家綱があきれた。

「このくらいで怒るような者、いざというとき役に立ちませぬぞ」

頼宣が言い返した。

「賢治郎のことを考えてやれ」

御三家の当主に怒りを向けるわけにはいかない。となれば不満は賢治郎にぶつけられる。家綱は賢治郎のためだと言った。

「やれ、余に直接くってかかれぬゆえ、身分の低い賢治郎へ怒りをぶつけると。武士として風上にも置けぬまねをするような輩を小姓という大切な役目に就けておくわけには参りますまい」

頼宣がさらに煽《あお》った。

「止《や》めよ。それ以上は躬が聞きたくないぞ」

しつこい頼宣を家綱が制止した。

「はっ。上様のお気に召さぬとあれば」

すなおに頼宣が首肯した。

「一同、遠慮せい」

遅きに過ぎたが、家綱が他人払いをさせた。

「………」

将軍の命令に逆らうことはできない。不平を隠して、一同が出ていった。

「叔父どのよ、なにを考えておる」

家綱が鋭い目つきで頼宣を見た。

「深室に経験を積ませてやらねばなりますまい」

「なんの経験をだ」

頼宣の返答に、家綱がさらに訊いた。

「主君の側近くにいるための経験でございまする」

「ほう」

家綱が目を大きくした。

「深室は忠誠心が前に出すぎ、周りが見えておりませぬ」

「さすがだな」

頼宣の賢治郎観に、家綱が感心した。

「そこで鍛えてやろうかと思いまして」

「どうやって鍛えると言うか」

「わたくしの側に置いておきましょう」

尋ねた家綱に、頼宣が告げた。

「わたくしの側におりますれば、安閑とはしておられませぬ」

「自らの周りを危ないと言うとはの」

家綱が苦笑した。

「愚かな息子がおりますので」

淡々と頼宣が告げた。

「賢治郎、そなたはどうする」

家綱が賢治郎の希望を問うた。

「……しばしご猶予をいただきたく存じまする」

賢治郎は即答を避けた。

頼宣の誘いには意味があると賢治郎は思っていた。当主の座を肉親同士で争っているのだ。真正面から来るよりも、搦《から》め手から攻めてくるほうが多い。世間になれていない賢治郎の思いも付かない手もある。それを体験しておけば、家綱の守りの役に立つことは疑いない。

問題は、昼から頼宣にしばられてしまうと、家綱の陰御用ができなくなることであった。

毎朝月代御髪として家綱の側に侍《はべ》るのだ。しかも気が散らないようにとの理由で、他人払いまでする。密談をするのにこれほど便利な役目はない。賢治郎が連日務めの代わりに、昼までで下城していいとの特例を受けているのも、家綱からの密命をこなすためである。そのための暇《いとま》を頼宣のもとで潰すのは、当初の目的と相反してしまう。

「無理もないな」

家綱が認めた。

「……深室」

頼宣が険しい顔をした。

「上様がお許しになられたゆえ、余はこれ以上何も言わぬが……このくらいのこと、即断できずしてどうする。逃げて求めた猶予は、意味をなさぬ。ただ無為に過ごし、結局なにも決められぬことになる」

厳しい言葉を頼宣は発した。

「…………」

そのとおりだけに、賢治郎は反論できなかった。

「薙《な》ぐか、突くか。一瞬のためらいが生死を分けるなどいくらでもある。後で構わぬ決断は今でもできるのだ」

「心いたしまする」

意見に賢治郎は頭を垂れた。

「見事である」

頼宣の説論を家綱が褒めた。

「出過ぎたまねをいたしましてございまする」

頼宣が家綱に詫びた。

「いや、勉強になった」

家綱が手を振った。

「賢治郎」

「はっ」

家綱に呼ばれて賢治郎は両手を突いた。

「試しに今日下城後、叔父どのに従え」

「……はい」

将軍の指示である。賢治郎は従った。

「たしかにお預かりさせていただきまする」

頼宣が一礼した。

「遠慮なく使え」

「もちろんでございまする。しっかりと鍛えあげさせていただきまする。では、これにて」

家綱の言葉に、頼宣が応じた。

「うむ。下がってよい」

退出を家綱が認めた。


徒目付の山田と佐倉の二人は、山本兵庫の屋敷に来ていた。改易が決まった山本兵庫の屋敷は、大門を固く閉ざされ、人の気配もない。罪を得たことを示す青竹の封印も茶色く変わりつつあった。

「勝手口は封鎖されていないはずだ」

いかに徒目付とはいえ、表の封印を勝手に破ることはできない。山田は佐倉を誘って屋敷の角を曲がった。

「やはりな」

勝手口は桟《さん》を動かすだけで開いた。これは罪を得た家の臣や一門が私物などを持ち出すための目こぼしであった。

「……誰もおらぬ」

「たしかに人はおらぬが、つい最近、人が入った痕跡があるぞ」

佐倉が、残された足跡を指さした。

「二日前の夜半に雨が降った。足跡がそれ以前のものならば消えていなければならぬ」

「ふむ。となれば、昨日か今日のものだな」

山田の雰囲気が変わった。

「物取りか」

「かも知れぬ」

潰された家に残されたものを荒らしに、盗人が入ることはままあった。

「屋敷のなかを検《あらた》めるぞ」

「もとより、そのつもりだ。当主であった山本兵庫の書きものや手紙を探しに来たのだからな」

　山田と佐倉が屋敷に近づいた。

「気をつけろ」

　台所近くの雨戸が外されていた。山田が警戒を呼びかけた。

「…………」

　無言でうなずいた佐倉が、そっと隙間から覗きこんだ。

「草履の跡だな」

　廊下に点々と履きものの形が残っていた。

「こそ泥ではないな。堂々としている」

　空き巣狙いのような小物は、足跡を残すようなまねをしない。手慣れた町方ならば、足跡だけで誰のものか見抜く。

「金目のものは残っておるまいに」

　改易には闕所《けっしょ》も伴う。取りつぶされた家の財は、家族たちが当座生きていくだけの涙金を残して没収される。わざわざ危険を冒してまで入りこむ理由はまずなかった。

「入るぞ」

　佐倉が草鞋履きのまま縁側に上がった。

「おう」

少し間を開けてから、山田が続いた。

「……おい」

「どうした」

当主の居間の襖を開けた佐倉が山田を呼んだ。

「これは……」

山田が目を剝いた。

部屋のなかは酷《ひど》い有様であった。

「文箱《ふばこ》も戸棚もやられているな」

「………」

無言で山田が残されているものを手に取った。

「止めておけ。無駄だ。証拠になるようなものを残して行くはずはない」

佐倉が手を振った。

「一応、残っているものは集めておこう。あとでお目付さまに怒られても困るだろう」

「たしかにな。お目付さまは堅い」

山田の説明に、佐倉が納得した。

「なにかあるとわかっただけでも収穫だな」

「ああ」

山田が首肯した。

「殺害の現場はどうする」

「今さら行ってもなにもあるまいがな」

屋敷がこのありさまである。現場に証拠となるようなものがあるとは思えなかった。

「場所を確認するだけでも意味があろう」

「そうだな」

佐倉の言葉に山田が同意した。

三

頼宣について下城した賢治郎は、紀州家の行列の駕籠脇にいた。紀州家の上屋敷は、江戸城に近い赤坂御門を出たところにあった。

「開門いたせ」

「承りまして候」

供頭《ともがしら》の合図で、紀州家の大門が音を立てて左右に開いた。

「お帰り」

門番足軽が大声をあげた。

当主の帰館に合わせて、用人以下多くの家臣が玄関脇で控えていた。

「今戻った」

式台に止められた駕籠《かご》から、頼宣が降り立った。

「お帰りなさいませ」

用人が片膝を突いた姿勢で頭を下げた。

「なにごともなかったか」

「はい」

異常を問うた頼宣に、用人が平穏であったと答えた。

「うむ」

頼宣が玄関をあがり、すたすたと奥へと歩き出した。

大名は己で太刀を持たない。腰に脇差さえも差さないのだ。ただ護身のための懐刀だけを帯に付けているだけであり、太刀と脇差は、小姓たちが持って続いていく。それもすぐに頼宣へ差し出せるよう、鐺《こじり》を持った状態で支えている。

「…………」

置いて行かれて賢治郎は困惑した。

武家の玄関には厳格な決まりがあった。当主あるいはその一門、同格以上の大名、藩の重職などとくに許された者以外は使えなかった。

六百石深室家の部屋住みでしかない賢治郎に、紀州家の玄関を使う資格はない。

「なにをしている」

脇玄関へ回ろうとした賢治郎を、頼宣が咎めた。

「そなたは余の警固である。一瞬でも側を離れてどうする」

「……申しわけございませぬ。しかし、ご家中の方々にご説明もなく、大納言さまの後をお慕いしては……」

旗本とはいえ、他家で勝手な振る舞いは許されない。まして、上屋敷は出城と同じ扱いを受ける。なかでなにがあっても誰も手出しはできなかった。

たとえ賢治郎が殺されても、家綱は頼宣に文句を言うだけで、罰を与えることはできなかった。もっとも、寵臣を害された主君が黙っているわけはない。賢治郎を理由とした処罰はできなくとも、なんらかの名目をつけて紀州家を咎めるのも確かであった。

「細かいやつじゃの」

頼宣があきれ顔をした。

「左内《さない》」

「はっ」

呼ばれた用人が応じた。

「こやつを知っておるな」

「はい。お小納戸深室賢治郎さま」

用人が首肯した。

頼宣に気に入られている賢治郎は、何度か紀州家上屋敷を訪れていた。顔なじみになっている藩士もいる。用人が知っていて当然であった。

「しばらくの間、上様からお借りした。毎日昼餉《ひるげ》のころに来て、夕餉の後に帰る。手配をしておけ」

「承りましてございまする」

指示された用人が受けた。

「これでいいな」

「畏《おそ》れ入りまする」

問う頼宣に、賢治郎は礼を述べた。

「ならば、さっさとついてこい」

「……太刀は」

貴人の後ろに従うとなれば、太刀は預けるべきであった。身と武士の矜持を守るための道具である脇差は取りあげられないので、意味がないと言えばない行為なのだが、それでも慣習には違いなかった。

「阿呆《あほ》、警固が武器を持たずしてどうする」

頼宣に賢治郎は叱られた。

「…………」

「お急ぎを」

用人が、そのままでいいと賢治郎を促した。

「ご免」

ここまで来てはどうにもならない。賢治郎は頼宣の後を追った。

紀州藩主の表御殿は、江戸城における表と規模は違うが同じであった。藩としての政をおこなうため、家老の執務室、勘定方の部屋などが並んでいた。

頼宣の居室はその奥にあった。

「そこから向こうは奥だ。入るなよ」

居室の前の廊下、その突き当たりを頼宣が示した。

「気に入っている側室がおるでな」

「………」

言う頼宣に、賢治郎は驚きを禁じられなかった。

慶長七年（一六〇二）生まれの頼宣は、還暦を過ぎている。その歳で女がまだ要ると頼宣は言ったのである。

「なにを驚いている。さすがに若いころのように、毎晩というわけにはいかぬが、それでも三日に一度は奥へ行っているぞ」

「それは……」

堂々と告げた頼宣に、賢治郎はどう答えるべきか悩んだ。

「まさかそなた、若いのに勃《た》たぬのか」

頼宣がじっと賢治郎を見た。

「そのようなことはございませぬ」

賢治郎は否定するだけに止《とど》めた。

「ならば、藩士の娘で手頃なのを与えてやろう。もちろん、泊まれるように屋敷内に長屋もくれてやるぞ」

長屋とは藩士たちの住居のことだ。屋敷の壁に貼りつくようにして作られ、三畳一間と台所といった単身者用から、冠木門《かぶきもん》や泉水まで備えた家老用の屋敷まで種々あった。

「お気遣いなく」

頼宣の世話を賢治郎は断った。

「覇気のない。婿養子だからといって、なにも女房だけで辛抱せずともよいのだ。家督を継がすわけにはいかぬだろうが、他で子供を作っている婿養子も多いぞ」

「子を……どうするのでございますか。継がす家もござらぬというに」

婿養子の立場など、砂上の楼閣《ろうかく》どころではなかった。よほど格上の家から来て、実家の引きで婚家を出世させるほどの力があるなら別だが、ほとんどは子に家督を継がせるまでの繋ぎでしかない。

「生まれた子をどこかに養子に出す、嫁にやる。それくらいなせる力を持てということだな」

あっさりと頼宣が言った。

「…………」

賢治郎は黙った。

「お待たせをいたしましてございまする」

頼宣の小姓が昼餉の膳を捧げてきた。

「相伴せい」

「ちょうだいいたしまする」

賢治郎は遠慮しなかった。毒味も警固の任であった。

膳の上には、青菜が浮いた汁椀と握り飯が三つ、香のものが載っていた。

「お待ちを、今毒味を……」

「要らぬ」

賢治郎が口にする前に、頼宣が食べ始めた。

「大納言さま」

「大事ないわ。一度毒を飼われたのだ。今は、厳重に監視している。毒など入れようがないわ」

咎めるような賢治郎へ頼宣が手を振った。

「殿」

食事中にもかかわらず、壮年の貧相な男が伺候してきた。

「杏斎《あんさい》か。なんだ」

握り飯をほおばりながら、頼宣が問うた。

「安藤帯刀《あんどうたてわき》さまのご領地から五名出府して参りました」

「どういう連中だ」

頼宣が詳細を求めた。

「修験者のなりをいたしておりました」

「届け出なしというわけだな」

「かと」

確かめるような頼宣に杏斎がうなずいた。

「どこへ入った。安藤家の江戸屋敷か」

「いいえ。麻生の中屋敷へ」

杏斎が首を左右に振った。

「はあ」

箸を置いた頼宣が、大きく嘆息した。

「付け家老も四代目となると馬鹿になるな」

頼宣が肩を落とした。

付け家老とは、将軍の子供が別家するとき、その藩政を見るために付けられる家臣のことだ。紀州家の安藤、水野、尾張《おわり》家の成瀬、竹腰、水戸家の中山などがそうである。家光の息子である綱重の家老新見も綱吉の傅育牧野も付け家老になった。

もともと譜代大名あるいは、旗本であったものから選ばれ、多くは加増されるなどの待遇を受けるが、直臣から陪臣へ落とされることになるため、なりたがる者は少ない。どころか、付け家老から脱し、もとの直参へ戻りたいと考える者がほとんどであった。

「他に付け加えるべきはあるか」

「五人全員が鉄炮を所持しておりました」

尋ねられた杏斎が告げた。

「ほう……どうやって関所をこえた」

箱根の関所は鉄炮が東へこえるのと女が西へ向かうのを厳重に取り締まる。

「船で品川の沖まで参ったようで」

「船番所は役に立たぬな」

杏斎の返答に頼宣がため息を吐《つ》いた。

船番所とは幕府が船の積み荷を検めたり、入港税を取り立てたりするために、主要な港や河川に設けたものである。しかし、品川のように船の出入りが激しいと十分な目は届かなかった。

「余を狙って来ると」

「おそらくは」

杏斎が認めた。

「二番煎《せん》じとは芸のない」

頼宣がなさけないと言った。

毒を盛られる前、頼宣は狙撃されかけたことがあった。金で雇われた浪人者であったが、陰供をしていた根来者によって排除されていた。

「ご存じないのでは」

「鉄炮で一度しくじっていると知らぬか。それはそれでよりみっともないな。相手のことを調べ切れていない。気にせずともよさそうだ」

中断していた食事を頼宣が再開した。

「お任せくださいましょうや」

「そのための玉込め役だ」

杏斎の願いを頼宣が認めた。

「では、ごめん」

一礼した杏斎が去って行った。

「わけがわからぬという顔をしておるな」

箸の止まっている賢治郎を頼宣が笑った。

「いえ、少しはわかっているつもりでございまする」

「言ってみよ」

頼宣が命じた。

「付け家老の安藤帯刀どのが、大納言さまを害するための兵を送りこんできたと見ましたが……」

安藤帯刀は三万八千石で田辺《たなべ》城主である。賢治郎とは比べものにならないほどの力を持っているが、その格は直臣格でしかない。旗本である賢治郎よりは下になる。本来ならば呼び捨てでいいが、さすがに歴史から見てもそれはよろしくない。賢治郎は同格として扱うことにし、どのという敬称をつけた。

「正解じゃ」

賢治郎の語りに頼宣が首肯した。

「なにがわからぬ」

「付け家老の安藤どのが、大納言さまを襲われる理由がわかりませぬ」

賢治郎は訊いた。

「付け家老の説明は要らぬな」

「はい」

賢治郎は首を縦に振った。

「初代の安藤帯刀は、父家康の懐刀として老中の任にあった。言わば何万といる譜代の者たちの頂点に立っていた。それが、命令とはいえ、余の付け家老にさせられた。絶頂から奈落へ転落したようなものだ。不満を持っていて当然であろう。事実帯刀の息子など、父の死後、家督を継ぐのを拒否して、千石でいいから旗本に戻してくれと、幕府へ願ったくらいだ」

頼宣が続けた。

「それに付け加えて、余が安藤家を嫌っておるからの。紀州藩に居場所もない」

「お嫌いになられたのは、なぜでございまする」

主君といえども人だ。家臣の好き嫌いをすることはままある。だが、頼宣が単なる好悪だけで、安藤家を阻害しているとは賢治郎には思えなかった。

「余が父家康から受け継いだのは、物成りの豊かさで実収百万石はある駿河五十五万石だった。それを兄秀忠は取りあげようとした。東を箱根の険、西を天竜川に守られた駿河は、天然の要害だ。天下の兵を相手に戦える。理不尽な兄の要求を拒もうとした余を、安藤帯刀が制した。なんと余に小刀を突きつけて、脅しよった。まだ二十歳になっていなかった余は、情けないことに帯刀の気迫に押され、紀州行きにうなずいてしまった」

悔しげに頼宣が顔をゆがめた。

「まだ紀州が駿河に劣らぬ良地であればなぐさめられたろう。だが、紀州は織田信長《おだのぶなが》どのでさえ手こずった面倒なところだ。根来寺、雑賀衆、熊野修験と治世の邪魔をする寺社がひしめき合い、紀の国の語源は木だと言われるように、山林ばかりで耕作に適した土地は少ない。こんなややこしい領土へ、理由もなく追いやられたのだ。余が恨むのは当然だろう」

「はい」

兄の嫌がらせには、慣れている。賢治郎は素直に同意できた。

「だが、将軍を恨むわけにはいかぬ。表だって秀忠に不平を見せれば、あの蛇のような兄のことだ。今度は余に謀叛《むほん》の濡《ぬ》れ衣《ぎぬ》を着せて、紀州を取りあげただろう。かといって、不満も見せなければ、器量の小さな兄だ、かえって疑心暗鬼になる。そこで、余はその恨みを安藤家に向けてやった。まあ、安藤には報復されるだけの理由があったしの。父家康から余を頼むと言われながら、寝返ったのだ。一万石の加増と引き替えに」

掛川城主として二万八千石を食《は》んでいた安藤帯刀は、紀州田辺城主となったとき三万八千石に加増されていた。

「当然の報いといえよう。兄に文句が言えぬから、家臣にあたっている。そう思わせておけば安泰だった。もちろん、初代の安藤帯刀はそれくらい見抜いていただろうよ。なにせ、余を幼少のおりから知っているのだからの。しかし、紀州を嫌がって江戸に居続けた二代目は、わけがわかるまい。嘆願虚《むな》しく、幕府の命で家督を継がされて、紀州へ赴任してきた二代目直治《なおはる》にしてみたら、青天の霹靂《へきれき》だったろう。当主の憎しみが一身にぶつけられたのだからな。三代目、四代目も同様だ。そこへ、紀州の次期当主光貞が、甘い言葉で誘えば……」

「落ちましょう」

賢治郎にもわかった。

「余が死ねば、光貞が当主になる。その後、安藤家は過去の功績を盾に、幕府へ譜代復帰を願う。そして光貞がそれを後押しする。まあ、そんなところだろうよ」

頼宣は読んでいた。

「あともう一つよろしゅうございましょうか」

「杏斎のことか」

賢治郎がなにを質問してくるかも、頼宣は見抜いていた。

「身のこなしが、武家のものには見えませなんだが……」

「ふむ。よく見たな。あれは根来者だ」

「根来者といえば……」

頼宣の答えに、賢治郎は目を剝いた。

「余を襲った者の始末は終えた。あれらは、余に忠誠を誓っておる」

最後の香の物を口に放りこみながら、頼宣が述べた。

「忍が表に出ても」

堂々と姿を見せた杏斎に、賢治郎は違和感を感じていた。

「表に出してやったのよ。いかに陰であるべき忍といえども、功績には報いてやらねばなるまい。そこで根来者のなかから幾ばくかを選んで、中奥における藩主警固役を与えたのだ」

「では、士分に」

「うむ」

はっきりと頼宣が認めた。

忍にとって、士分はあこがれであった。一応同心という士分最下級の身分は与えられていたが、これは戦国でいうところの足軽であり、厳密な意味での侍ではなかった。

「食い終わったか。よく、早飯早糞武士のならいというが、あれは違う。戦場での飯は素早くすまさねばならぬが、それ以外のときは、ゆっくり嚙まねばならぬ。何度も嚙めば、味も深くなる。また、腹がくちくなるのが早くなる。そしてなにより、顎が鍛えられる。これは大きいぞ。顎が弱ければ、殴られただけで気を失う」

頼宣が武士の心得から話し始めた。

「常在戦場という。武士はいつも戦場にいると思い、油断をするなとの教えだが、そんなものできるはずはない。人は気を張ってばかりでは疲れてしまう。緊張と緩和をうまく利用して、心を休めねば、いざというとき使いものにならなくなる」

頼宣の教育は、夕餉が終わるまで続いた。

「すっかり暗くなったな。もう帰れ」

ようやく頼宣が賢治郎を解放した。

「左内、賢治郎を見送ってやれ。あと提灯《ちょうちん》を貸してやれ」

頼宣が用人を呼んで命じた。

「提灯をお貸しいただかなくとも大丈夫でございまする」

賢治郎は遠慮した。

「わかっておるわ。そなたをどうにかできるような連中は、そういないとな」

「はあ……」

紀州藩上屋敷から自宅までの道も慣れている。日が暮れたぐらいで迷うこともなかった賢治郎は、押しつけてくる頼宣の意図がわからなかった。

「当家の紋入り提灯をさげていれば、木戸で止められまいが」

頼宣が言った。

日が落ちると江戸城の諸門は閉鎖される。また、大名屋敷や旗本屋敷の辻ごとに設けられている番所も通行人を誰何してくる。ところが、紀州家の紋が入った提灯は別扱いされた。尾張、水戸にもつうじるが、御三家の格式は別にあった。

さすがに江戸城内廓の門を開けさせるほどの威力はないが、それ以外の諸門や木戸番などは、問答なしで通過できた。

「お心遣いかたじけなく」

賢治郎は頼宣の気遣いの細やかさに、感心した。

「では、これにて」

深く頭を下げて、賢治郎は頼宣の前を辞去した。

四

賢治郎が帰るのを待っていた三浦長門守が、頼宣の前に膝をついた。

「いかがでございました」

「なつかしい思いであったな」

三浦長門守に感想を求められた頼宣が答えた。

「なつかしいでございまするか」

意外な返事に、三浦長門守が首をかしげた。

「ああ、わかりにくかったの。余の子供のころを思い出したのよ」

「殿の、ご幼少のみぎりを」

三浦長門守が興味深そうな顔をした。

「余もな、父家康さまから武士としての心得を教えられたのだ」

「家康さまから……」

三浦長門守が姿勢を正した。

頼宣は十一人いた家康の息子のなかで、もっともかわいがられた。頼宣のすぐ上の兄尾張徳川家初代義直《よしなお》、すぐ下の弟水戸徳川家初代頼房《よりふさ》たちは、早くから傅育の武将に預けられ、教育も任されていた。それに対し、頼宣は家康自らが傅育となり、手を取って教育もした。

「父の膝の上に座らされてな。背中から父の声で武士の心得が流れてくるのだ」

懐かしむように頼宣が目を閉じた。

「昔は皆、そうであった。父あるいは兄、もしくは傅育の家臣から、日ごろの心構え、戦場でのしきたりなどを、教わったものだ」

「さようでございました」

三浦長門守も同意した。

「それを今はせぬようだな。賢治郎はほとんど戦場往来の話を知らなかったぞ」

「深室の場合は、やむを得ぬかと。父が早くに亡くなり、跡を継いだ兄からは邪魔者扱いされておりました」

「わかっているが、あまりであったわ。大坂の陣から五十年ほどしか経っていないというに、もう戦いを忘れる。これで武家と言えるのか」

　頼宣がなんとも言えない顔をした。

「このような有様では、いざ鎌倉というとき役に立たぬ者ばかりになるぞ」

「やはり殿が天下を取られるべきでございました」

　三浦長門守が述べた。

「あらためて余もそう思った。家綱どのも暗君ではない。家光どのもな。なれど、今のままでは武家が滅びる。戦いを忘れた武士など、動けない馬よりも性質《たち》が悪い。武士は命を賭《か》けて戦い、領土を守るからこそ、普段無為でありながら禄を受けている。百姓や商人どもが、遊んでいる武家に文句を言わぬのは、いざというとき代わって死んでくれるからだ。その武士が、死ぬのを怖がったとしたらどうする」

「少なくとも尊敬はされませぬ」

　投げかけられた三浦長門守が述べた。

「だけですむわけもない。役立たずを養う余裕など誰にもないからな。百姓が年貢を納めなくなり、商人が運上を払わなくなる。こうなれば国は、家は立ちゆかぬ。なにより武家が喰えぬ。そうなってから慌てて刀を振りかざして、庶民を脅しても遅い」

　頼宣が顔をしかめた。

「戦場往来を知っている唯一のお方、殿に天下の武家を締め直していただかねばなりませぬ」

「余が死ぬまでに、たるんだ者どもを鍛え直さねば、天下は崩れる。やるぞ、長門」

「お供いたしまする」

主従二人が顔を見合わせてうなずきあった。

賢治郎が屋敷に戻ったのは、すでに五つ（午後八時ごろ）を過ぎていた。さすがに日が落ちてからは、大門を開くことも、門番が大声で帰宅を叫ぶこともない。

静かに賢治郎は、屋敷の玄関を上がった。

「あなたさま」

玄関に置かれた目隠し屛風《びょうぶ》の陰で、三弥が控えていた。

「これは三弥どの」

予想外のことに賢治郎は目を大きくした。

「お部屋におられるとばかり」

「主人が戻っておらぬというに、妻が先に休むなど、女としてできるはずございませぬ」

三弥が冷たい声で言った。

「遠慮なさらずともよろしいものを」

賢治郎はかまわないと応じた。

「わたくしに女の心得を破れと」

一層三弥の機嫌が悪くなった。

「そういうわけでは……」

旗色が悪くなるばかりである。賢治郎は詰まった。

「いつもより随分とお帰りが遅うございましたが、どこかにお寄りでございましたか」

三弥が詰問してきた。

「紀州さまに」

「それは……」

三弥が息を呑んだ。

一度頼宣が深室家へやってきたことがある。そのとき、三弥も頼宣と会っていた。

「じつは……」

今日あったことを賢治郎は説明した。

「そのようなことが……」

三弥が一瞬顔をしかめた。

「上様もご承知とあればいたしかたございませぬ」

小さく息を吐きながら、三弥が引いた。

「いつまででございまするか」

「わかりませぬ。大納言さまのご気分次第でございましょう」

賢治郎は首を左右に振った。

「夕餉はすまされたのでございますな」

「はい。大納言さまのご相伴に与《あずか》りました」

問われた賢治郎はうなずいた。

「なにを召しあがりました」

「飯と汁、焼いた雉《きじ》に味噌を塗ったもの。根深の煮物、豆腐の田楽でございました」

賢治郎は答えた。

「思ったよりも……」

さすがにその先を口にするわけにはいかない。三弥が止めた。

「質実剛健が大納言さまの座右の銘でございますから」

後を賢治郎が受けた。今日、たっぷりと聞かされただけに、それが悪口ではなく称賛すべきことだとわかっていた。

「さすがは大納言さまでございまする」

感心してから、三弥がじっと賢治郎を見た。

「危ないまねはなさっておられませんね」

「もちろんでございまする」

今回は今のところ無事である。先々がどうなるかはわからないが、賢治郎は胸を張って否定した。

「ならばよろしゅうございまする。お風呂が冷めてしまいまする。お入りなさいませ」

「そうさせていただきまする」

三弥の言葉に、賢治郎は従った。

第五章　監察の手

一

徒目付の山田と佐倉から報告を受けた目付豊島の表情が険しくなった。

「山本兵庫の屋敷が荒らされていただと。物取りではないのだな」

「まず違いましょう」

山田が状況を説明した。

「残されていた書付などは回収し、調べて見ましたが……」

「たいしたものではなかったと」

佐倉の後を豊島が続けた。

「手がかりは奪われたか。ならば、山本家の家臣を探せ。できれば用人を探し出して話を聞き出せ」

「どこへ行ったかもわかりませぬが……」

豊島の命に、山田が無理だと言った。

「なんとかするのが、きさまらの仕事であろうが。家臣を見つけ出すまで、報告は要らぬ。行け」

追うように豊島が手を振った。

「あいかわらずお目付さまは無茶を言われる」

二人きりになった山田が愚痴《ぐち》を漏らした。

「いつものことだ。いや、まだましだ。山本家が潰れてまだ一カ月にもならぬ。親戚も残っている。用人の名前と出身地くらいは知れよう」

佐倉が自らを慰めるかのように言った。

「だといいがな」

悲観的なことを山田が口にした。

「流れの用人だと、どこへ行くかわからぬし、名前も本名とは限らぬからな」

「…………」

山田の言いぶんに佐倉が黙った。

流れの用人とは、その名のとおり、代々仕えていた家臣ではなく、短期で雇われる者である。ほとんどが一年あるいは節季ごとの契約で、用人として雑用をこなす。譜代の家臣よりは費用がかかるが、用人としての仕事に手慣れているだけでなく、いつでも首にできるという利点があった。

そもそも旗本が流れの用人を雇うのは、役目に就いたなどの理由によった。役目に就けば、役料が入る。あるいは役高に足りない家禄を加増してもらえる。どちらにせよ、旗本の収入は増える。そのぶん、細かい雑用が多くなる。同じ役目に就いている同僚や上司とのつきあいなど、ややこしいことも出てくる。これをうまくこなせる人材が、家中にいればいいが、そうでなければいきなり困るのだ。まさか、家臣が使いものに育つまで待つというわけにはいかない。そこで、経験を持つ流れの用人を雇う。こうすれば、すぐにでも所用を片付けてくれるうえ、万一役目を外されたり、なにかあって減禄されたりして収入が減ったときには、容易に解雇できる。

流れの用人は、旗本たちにとって便利なものであった。

「まあ、我々に選択肢はないのだ。やるしかなかろう。結果が出るかでないかをする前から論じても意味はない」

「ああ」

二人は気を取り直して、目付部屋を後にした。

深室作右衛門は宿直の勤務を明けて、帰途に就いていた。

「油断をするな」

作右衛門はいつもより供を多くしていた。といってもさほど家臣を抱えているわけではない。士分を一人と足軽一人を増やしただけであった。

「まもなくお屋敷でございまする」

先頭を行く挟み箱持ちの小者が告げた。

「そうか。どうやらあきらめたようだな。当然じゃ。旗本を脅すなど、天をも怖れぬまねだからの」

作右衛門がほっとした。

「……殿。屋敷の前に」

小者が声をあげた。

「なにっ」

そちらを見た作右衛門が足を止めた。

「……お待ちしておりました」

門前から津野が近づいてきた。

「来ていたのか」

「お約束は守らねばなりますまい」

苦く頬をゆがめた作右衛門へ、津野がほほえんだ。

「五百両ご用意いただけましたでしょうや」

「払う理由がない」

作右衛門がきっぱりと拒んだ。

「それは残念でございまする」

一礼して津野が踵を返した。

「えっ……」

あっさりとした津野の態度に作右衛門が呆《ほう》けた。

「評定所は辰ノ口近くでございましたな」

独り言のように津野が呟いた。

「ああ」

作右衛門は慌てなかった。

「よろしいのでございますか、評定所へ参っても」

津野が足を止めて振り向いた。

「好きにするがいい。阿部豊後守さまはご承知じゃ」

勝ち誇ったかのように作右衛門が言った。

「今月の月番は阿部さまではございませぬが」

月番老中が評定所で受け付けた訴訟などを担当する。もっとも重大な案件となれば、合議にかけられたが、そうするかどうかは月番の判断によった。

「かつてのご勢威を阿部さまはお持ちでございませぬ。阿部さまがご承知であっても……」

最後まで言わず、津野がふたたび歩き出した。

「待て」

「主君でもない、恩もなにもないお方に命令される覚えはございません」

きっぱりと津野が拒んだ。

「……うっ」

正論での切り返しに、作右衛門は詰まった。

「金は出さぬ。だが言うことは聞け。子供でも通らぬ道理。それさえ気づかれぬとは、我らが主も家を潰すほどの愚か者でございましたが、あなたさまも同じようなものでございますな。家臣の皆さまが、哀れ、哀れ」

「こいつ」

嘲弄する津野に、作右衛門が怒った。

「取り押さえよ。屋敷へ連れこめ」

作右衛門が家臣たちに命じた。

「屋敷に連れこんでしまえば、どうとでもなる」

「……………」

主君の言葉に家臣は逆らえない。十分の家臣二人が、太刀の柄に手をかけながら津野へ近づいた。

「抵抗するな」

家臣が津野の肩を摑もうとした。

「飯田氏」

「おうよ」

津野の叫び声とともに飯田と足軽たちが現れた。足軽たちは槍を飯田は剣を手にしている。

「潜んでいたのか」

作右衛門が臍《ほぞ》を噛んだ。

「どういたしましょう」

家臣が戸惑った。いつもより多いとはいえ、深室のほうが少なかった。

「ええい、屋敷から増援を呼んでこい。さすれば数はこちらがうえになる」

屋敷の前という利点を作右衛門は利用した。

「殿のご命である。門を開け、者ども出会え」

家臣が大門前で叫んだ。

「おう」

きしみ音を立てて、大門が開けられた。当主の出入りなど以外では開けられない大門とはいえ、非常の際は別である。家臣たちが押っ取り刀でかけつけるのに、潜《くぐ》り門では一人ずつになり、間に合わなくなるからだ。

「馬鹿が……」

その様子を津野が笑った。

「飯田氏、あやつらは我らを殺す気でござる。ならば、もろとも。門のなかへ打ちこんでくれましょう」

津野が飯田を唆《そそのか》した。

「わたくしはこの足で評定所へ駆けこみまする。六百石の旗本を道連れにしてやりましょう」

「ああ。偉そうな顔だけしやがって、迷惑しかかけない旗本への復讐だ」

煽られて興奮した飯田が太刀を大きく振りあげた。

「付いてこい」

「おおっ」

「わあぁ」

飯田の鼓舞に足軽たちが唱和した。

「なっ、なんだああ」

逆襲に作右衛門が混乱した。

「どけ、どけえ」

飯田が太刀を振り回した。

「やあああ」

足軽が槍を前に走る。

「え、えっ」

「…………」

深室家の家臣たちは思ってもみなかった事態に、狼狽《ろうばい》して対応できなかった。

「邪魔だ」

「ぎゃっ」

呆然《ぼうぜん》としていた家臣の一人が、飯田の一撃を喰らった。走りながら、適当に振った太刀である。刃筋など合っていない。傷口は浅いが、斬られた家臣は恐慌した。

「し、死にたくない。助けてくれ」

必死の叫びが、周囲を巻きこんだ。

「こいつめ」

激した深室家の家臣が、足軽の背中に斬りつけた。

「あああああ」

踏みこみが浅い一撃は、背中をかすっただけですんだが、痛みが足軽の足をより早めた。

武器を持った人は、二つに分かれる。武器の力に酔い、己が強くなったと錯覚する者、そして武器の力に怖れ、怯《おび》える者。その怯えが傷の痛みで吹き飛んだ。

「と、止めろ」

作右衛門の腰は完全に引けていた。

己は動かず、大声で指示するだけでは、家臣たちの士気はあがらない。

「や、やあぁ」

「ま、待て」

主君の手前、声を出し、太刀を上下させて威嚇《いかく》しているが、それ以上踏み出そうとはしなかった。

それでやけになった連中をどうにかできるはずもない。あっという間に飯田をはじめとする四人は門を抜け、玄関へとたどり着いた。

「打ち壊せ」

「おう」

「はい」

飯田の指示で、足軽が槍で玄関の戸を突いた。勢いだけで技がない一撃は、穴を開けるでなく、板戸を割った。

「ほ、穂先が」

割れた板によって槍が挟まれてしまった。

「なにをやってる。ええい、もういい。玄関に傷を付けた。これで深室の面目は丸つぶれだ。こうなりゃ、行きがけの駄賃だ。金目のものを持って逃げるぞ」

「へ、へい」

「わかりました」

飯田の指示で、足軽と小者が玄関先に飾られている壺《つぼ》や花瓶《かびん》を手に取った。

「無礼者、なにをしている」

そこへ三弥が現れた。

「女、邪魔をするな」

太刀を振りかぶって、飯田が脅した。

「野盗の類《たぐい》が。ただちに出ていけ。ここを深室家の屋敷と知っての狼藉《ろうぜき》か」

三弥は怯えもせず、飯田に言い放った。

「生意気な小娘が……」

飯田が太刀を落とそうとした。

「女を斬る。夫が黙っておりませぬ。貴殿を生涯追い続けまするぞ」

「ちっ」

飯田が太刀を引いた。

「深室の娘か」

飯田が問うた。

「深室賢治郎の妻である」

堂々と三弥が名乗った。

「小納戸か。おまえの夫のお陰で、我らはここまで落ちぶれたのだぞ」

「他人のせいにするなど、愚かしい。やるだけのことをしていなかっただけだろうに」

責任を賢治郎へ押しつけようとする飯田に、三弥が嘲笑した。

「こやつ。女とはいえ、許さぬ」

飯田がふたたび太刀を突きつけた。

「……飯田さま。逃げましょう。人が来まする」

略奪を終えた足軽が、飯田に声をかけた。

「命冥加《みょうが》な奴だ。行くぞ」

憎らしそうに三弥を睨んで、飯田が踵を返した。

「逃がしてはなりませぬ」

大声で三弥が叫んだ。

「家を潰すおつもりか、父上」

呆然としている作右衛門を三弥が叱った。

旗本の家が暴漢に襲われたのだ。相手をすべて仕留めない限り、ただではすまなかった。武を代表するべき天下の旗本が、暴漢に顔である玄関を荒らされたうえに、逃げられたでは面目がたたない。

「あ……」

やっと作右衛門が気づいた。が、遅すぎた。

「追え。なんとしてでも討ち取れ。一人でいい」

作右衛門が怒鳴りつけた。

一つでも遺体があれば、それにすべてを押しつけてしまえる。これだけの騒ぎとなれば、もう隠しようはない。ならば、乱心者が暴れこんできたが、討ち取ったと目付に届け出たほうがいいのだ。

うまくすれば、武門の誉《ほま》れとして、なにごともなく話が終わる。うかつに大門を破られたと咎められても、せいぜい慎みくらいですむ。だが、逃がしてしまえば、武士の恥として、よくて罷免のうえ減禄、下手すれば切腹改易まであった。

作右衛門が必死になった。

「ええい、賢治郎はなにをしている」

日ごろ疎《うと》んでいる婿養子の名前を作右衛門は出した。賢治郎は小太刀の名手で、すでに多くの敵を葬ってきている。深室家最大の戦力であった。

「お役目でございまする」

裸足《はだし》のまま出てきた三弥が氷のような声で告げた。

「ええい、こんなときにおらぬなど、役立たずめ」

作右衛門が賢治郎を罵った。

「父上、ご自身で追われては」

「儂の身になにかあったらどうする。深室の家がなくなるぞ」

白刃の輝きに怯えた作右衛門が怒鳴った。

「もうなくなったも同然でございましょう。せめて名誉のために、自ら敵を討ち果たしに行かれたほうがよろしいのではございませぬか」

三弥が勧めた。

「黙れ。あのような輩の相手は、臣どもの仕事だ。そのために今まで禄をくれてやっていたのだ」

作右衛門は頑《かたく》なに拒んだ。

「さようでございますか」

一礼して三弥が屋敷へと戻り始めた。

「どこへ行く」

「身の回りの片付けを始めませんと。家名断絶の折りに見苦しいまねはできますまい」

三弥が冷たく答えた。

「…………」

作右衛門が沈黙した。

二

近隣で騒動があったときは、目付へ報せる。これは旗本の決まりであった。

「なにっ、深室家に乱心者が打ちこんだだと」

目付部屋が騒然となった。

「豊島氏。深室と言えば、松平主馬から義絶届けの出た」

「うむ。弟が養子に入った家だぞ、田尾氏」

二人の目付が、うなずき合った。

「我らで引き受けよう」

「だの。義絶の裏にかかわってくるやも知れぬ」

豊島の提案に田尾が同意した。

「当番どの」

「なんじゃ、豊島氏」

声をかけられた当番目付が、顔を向けた。

目付はその役目上、同僚までも監視する。老中でさえ摘発するのだ。他役のように、目付を指揮できる組頭をおくわけにはいかない。かといって、まとめる者がいないと不都合も起こる。そこで、月当番制で、持ち回りでまとめ役をやっていた。

「その一件、拙者が受けよう」

「ふむ。他にどなたか希望なさる御仁は……」

目付の定員は決められていない。創始が十六人だったことから、十五人から二十人ていどで推移していた。当番目付が、部屋にいる他の目付に問うた。

「なさそうだな。では、豊島氏に任せる」

「預かった」

当番目付へ、豊島が応じた。

「徒目付と小人目付を使うぞ」

「かまわぬ」

断った豊島に、当番目付が許可を出した。

「臨検に参る」

目付部屋を出た豊島が、徒目付の控えへ足を運んだ。

「承知」

「小人目付を大手前に」

徒目付が動き出した。

目付の臨検は、騎馬であった。布衣《ほい》を許された目付は、騎乗できる。豊島は大手門をでたところで、馬を引く小人目付から手綱《たづな》を受け取った。

「遅れるな」

徒目付と小人目付にそう言って、豊島が鞭《むち》を入れた。

とはいっても目付一人が、馬で先行しても意味はなかった。豊島は徒目付、小人目付が追いつけるていどの早足で馬を進ませた。

裏金輪抜けの笠は旗本の証《あかし》であり、黒麻の紋付き羽織は目付の印である。豊島の前にいた武家、庶民の誰もが道を譲る。

すぐに豊島は深室家の門前に着いた。

「よろしゅうございましょうや」

少し息を荒くした小人目付が、豊島に伺いをたてた。

「うむ」

豊島が首肯した。

「開門、開門いたせ。目付豊島治部さま、ご臨場である」

小人目付が叫んだ。

目付はその任にあるときは、将軍の代理として挑む。たとえ御三家といえども、遠慮しなければならなかった。

「しばし、お待ちを」

門番が屋敷へと走った。

「た、ただちに」

待つほどもなく、大門が開かれた。

「お目付さま」

「大儀である」

徒目付に促された豊島が騎乗のまま大門を潜った。

「深室作右衛門はおるか」

騎乗したままで豊島が呼んだ。

「これに」

作右衛門が玄関式台に控えていた。

「お役目で問う」

「はっ」

言われた作右衛門が、平伏した。

「玄関まで乱心者の侵入を許したのか」

「恥ずかしながら」

すでに知って来ているのだ。目付に隠しごとはまずかった。作右衛門は認めた。

「殊勝である。そこの穴だな」

さっと豊島が足軽によって傷つけられた玄関戸に気づいた。

「はい」

作右衛門は肯定するしかなかった。

「おい」

「はっ」

徒目付が豊島の側で膝をついた。

「近隣への聞き合わせをいたせ。あと、乱心者の捜索も抜かるな」

「承知」

徒目付が小人目付を指揮して出ていった。

「委細を申せ」

座を室内に移して、豊島による事情聴取が始まった。

賢治郎は紀州家上屋敷で、頼宣による戦場話を聞いていた。

「槍は相手の頭上を狙え」

「なぜでございまするか」

外せと言っているような教訓に、賢治郎は疑念を持った。

「戦場の雰囲気は独特だ。どれほど数を重ねようとも、敵と対峙《たいじ》したときは興奮してしまう」

「わかりまする」

命のやりとりをするのだ。当然だと賢治郎は理解した。

「気がうわずれば、動きをどうしても早くしたくなる。そこで十分な間合いに入る前に槍を突き出してしまう。となれば、槍の石突き付近を持つことになるだろう。そして槍は穂先が重い」

「穂先が垂れると」

「そうだ。垂れるぶんを考えて高めに突かぬと、流れるだろう」

頼宣が述べた。

「次は馬廻《うままわ》りの役目じゃ。馬廻りとは、その名前のとおり、主君の側にいる騎馬武者のことだ」

「はい」

賢治郎は頼宣の話に集中していた。

「戦場は生きものである。勝っていたはずが負けているなどどこにでもある。こちらの立てた策がうまくいかないことも多い。足りないところに戦力を追加する、止めのために兵を出す。これらを判断するのは主君だ。そして、馬廻りはそのときに使われる兵力である。主君の命に従って……」

頼宣の話は、すべて家康から伝えられたものであった。武士であるかぎり、戦場での話は興味深い。賢治郎は知らず知らずのうちに、身を乗り出していた。

聞き手が夢中になれば、話し手も勢いづく。二人はすでに一刻（約二時間）近く話しこんでいた。

「殿」

襖の外から邪魔が入った。

「なんじゃ」

中断された頼宣が機嫌の悪い声を出した。

「ご免」

襖を開けたのは杏斎であった。

「無礼者。襖を開ける許しは与えておらぬぞ」

頼宣が杏斎の行動を叱った。

「申しわけありませぬが……」

杏斎が賢治郎へ顔を向けた。

「……深室に用か。どうした」

あり得ない杏斎の態度に、頼宣が怪訝な顔をした。

「深室家に目付が入りましてございまする」

「えっ」

「なんだと」

賢治郎も頼宣も驚愕した。

「詳しく申せ」

頼宣が杏斎を急かした。

「宿直明けの深室作右衛門さまが屋敷にお戻り……」

最初から見ていたかのように杏斎が報告した。

「ご免」

聞き終わった賢治郎は、急いで立ちあがった。

「待て」

「ですが……」

制止した頼宣を賢治郎は見た。

「落ち着け。すでに目付が来ているのだ。そなたの女に危機は迫っておらぬ。そうだな、杏斎」

「はい」

頼宣の確認に、杏斎が首肯した。

「座れ。今そなたが帰ったところでなにもできまい」

「ですが……」

賢治郎は抗った。

「頭を使え。すでにことは目付の手にある。今帰れば、そなたも禁足を喰らうぞ」

「あっ」

言われて賢治郎は気づいた。

目付には役付の旗本を拘束する権があった。その場にいなかったとはいえ、賢治郎も深室家の一員である。

「そなたの身柄は余のもとにある。目付といえども、かかわりがないとわかっているそなたをわざわざ取り押さえに余のもとまで来はすまい」

由井正雪の乱のおり、老中や目付の取り調べを一蹴した頼宣である。目付もそうそう手出ししたい相手ではない。

「どちらにせよ、本日の日暮れまでには戻らねばならぬ」

お役目であれば、夜中であろうが帰宅しなかろうが問題にはならない。しかし、今の賢治郎は役目ではなかった。紀州大納言頼宣の相手ということで門限である暮れ六つ（午後六時ごろ）をこえての帰宅が黙認されていただけなのだ。厳密にいえば、違反である。

「深室家が咎められているときに、門限破りはまずい。となれば、そなたが動けるときは限られている。一刻半（約三時間）しかない。この間にできるだけの手を打たねばならぬ」

「恥じ入りまする」

諭されて賢治郎は恐縮した。

「杏斎、深室に馬鹿を仕掛けた者たちは、どこのものだ」

「山本兵庫の家臣であった者の一部でございまする」

「……山本兵庫」

賢治郎は苦い顔をした。

「主君の仇討ちだとすれば、ずいぶんと殊勝なまねだが……」

「真意はわかりかねますが、最初に一人で登場した家臣は、なにかを要求していたようでございました。用意はできたかと問うていたとのこと」

「用意はできたか……というからには、前もって作右衛門と会っていた。気づかなかったのか」

「あいにく、わたくしどもの目の届かぬところもございまする」

杏斎が首を左右に振った。

「そうであったな。すまぬ」

十分な人数を出していない。頼宣が詫びた。

「作右衛門のようすに変化はなかったのか」

今度は賢治郎へ頼宣が矛先を変えた。

「そういえば、少し前に、山本兵庫を斬ったのはおまえかと、問い詰められましたが」

賢治郎は思い出していた。

「どう答えた」

「向こうから襲い来たゆえ、斬り捨てましたが、すでにその顚末は阿部豊後守さまと上様にご報告してあると」

「よいな」

応対を頼宣が褒めた。

「作右衛門が声をかけられたのは、おそらくその日だな。旗本として斬ったならば、喧嘩両成敗だ。それが、いきなり斬りかかられたものであろうとも、乱心と認められないかぎりは、咎めを受ける」

喧嘩の発端の是非を幕府は一切斟酌《しんしゃく》しない。ただ考慮するのは、相手が理非のつうじない状況だったかどうかだけである。

これがなかなかの難題であった。城中とか他人の目の多いところでいきなり斬りかかられたならば話は簡単だが、そうでなければ、相手が乱心者かどうかの判断材料がない。

「いきなり、斬りかかって参りましたので、やむなく応戦し、仕留めましてございまする」

こう申し立てたところで、証明する者がいてくれなければ信用されなくて当然である。なにせ、当事者のもう片方は死んでいるのだ。死人に口なし、生きている方が好き放題である。さすがにそれを幕府は許さない。

そこで襲われて返り討ちにした武士は、周囲を確認し、目撃者の有無を探る。目撃者がいれば、ていねいに頭を下げて、身元を問い、後日の証言を頼む。いなければ、逃げる。

賢治郎は証人がいないのを、阿部豊後守と家綱を巻きこむことで、逃げ道にしていた。

「賢明な判断だ」

頼宣がもう一度称賛した。

「武家は、なにをおいても家を守らねばならぬ。家に比べれば、一人の命や名前などは軽い。それが卑怯であろうが、狡猾《こうかつ》であろうがな」

「……………」

名門から養子に出され、そこでも軽く扱われてきた賢治郎にとっては、痛い話であった。

「その家が潰れかねぬ事態だ」

「……はい」

賢治郎も同意せざるを得なかった。

旗本が屋敷に暴れこまれたうえ、玄関を壊された。これは城の大手門を破られたのと同じである。幕府から屋敷を与えられている旗本にとって、大きな恥であった。

「大門をさっさと閉じていれば……」

頼宣が作右衛門の対応を非難した。

屋敷が燃えていても、外から見えるほど火の手があがっていても、大門が開かれない限り、火消しなどは入れない。たとえ屋敷が全焼、死人が出たところで、大門を開けなければ、なにもなかった扱いにできる。それが、武家の慣例であった。

「不意のことに焦ったのであろうが……」

頼宣が嘆息した。

「殿……」

杏斎が口を出した。

「他にも何かあるのか」

「最初に話を深室さまにした山本家の家臣の一人が、評定所へ行くと申しておりました」

促された杏斎が最初から話した。

「評定所だと。争いを表にどうしても出すつもりか……」

聞いた頼宣が、怪訝な顔をした。

「大納言さま、わたくしは……」

賢治郎は辛抱できなくなった。

「座っていろ」

頼宣が賢治郎を睨みつけた。

「ですが、このまま放置しては評定所に……」

目付が来ているところへ、評定所まで加われば、深室家の運命は終わる。

「評定所には行っておるまい」

頼宣が否定した。

「なぜそう仰せられるか」

賢治郎は問うた。焦りから口調がきつくなっていた。

「落ち着いて考えろ。今までの話を一つ一つ吟味してみろ。頭に血を昇らせるな。そなたも剣を遣うのだろう。では、怒りながら振って勝てるかどうか、わかるだろう」

「話を……」

言われた賢治郎は腰を落ち着かせた。

「よいか。狼藉者は数日前に作右衛門と接触し、なにかを要求した。それを受け取ろうとして拒まれ、今日の騒動になった。これはいいな」

「はい」

賢治郎は首を縦に振った。

「潰れた家の家臣たちが欲しがるものとはなんだ。今までの身分も禄も失った者が求めるものは」

「生きていくための糧でございましょう」

それくらいは賢治郎でも予想できた。

「そうだ。そのために作右衛門を脅したのだろう。それが一度断られたくらいで、評定所へ行くか。ましてや、打ちこむか。金にはならぬぞ。なにより、交渉を潰す行為だ。脅しは、相手が屈するまで続けるものだ。相手を折り、こちらの要求を呑ませるために脅している。もし、相手が潰れれば、なにも得られぬ。評定所はもとより、玄関に暴れこむなど、交渉の最後で決裂したときの嫌がらせだろうが」

「決裂が早すぎる……」

頼宣の解説に、賢治郎が理解した。

「…………」

黙って頼宣がうなずいた。

「端から、深室家を潰すつもりだった」

賢治郎が呟くように言った。

「おそらくな。杏斎」

「評定所には向かっておりませぬ」

顔を向けられた杏斎が、答えた。

「えっ」

「前に申したであろう。こやつは根来の束ねだと。幕府に仕えている伊賀者はどうかはしらぬが、紀州の根来は遣えるぞ。しっかり見届けているはずだ。でなければ、最初に報告している。評定所はさすがにまずいからな」

かつて由井正雪に加担したのではないかと疑われ、評定所で松平伊豆守たちから詰問された経験がある頼宣が、嫌そうな顔をした。

「なにせ御三家、しかも神君家康公の直系を呼び出せるのだぞ。その権は老中といえども手出しできぬ」

救いようがないと頼宣が告げた。

「どこへ」

ようやく賢治郎は裏があると理解した。

「その前に」

頼宣が賢治郎を見つめた。

「松平主馬が、義絶の届けを出してきた」

「はい」

賢治郎は肯定した。

「その理由はなんだと思う」

「連座を避けるためでございましょう……あっ」

賢治郎は小さく声をあげた。

「すべてに山本兵庫がかかわってきている」

「……ですが、山本兵庫はすでに」

この手で止めを刺したのだ。賢治郎は疑問を口にした。

「もちろん、山本兵庫ではない。その死を利用している者がいる」

「兄、いえ、松平主馬」

義絶された以上、兄と呼ぶわけにはいかなかった。賢治郎は訂正した。

「そんな腹芸のできる男か、あやつが」

頼宣が吐き捨てた。

「たしかに」

矜持は高いが、複雑な策の立てられる男ではない。賢治郎も同意した。

「松平主馬をそそのかし、さらに山本兵庫の家臣たちを躍らせた者がいる。杏斎」

頼宣が顎で合図した。

「その家臣はどこへ行った。評定所へ行くと言い残して消えた家臣は」

「……堀田備中守さまの中屋敷に消えましてございまする」

杏斎が答えた。

「堀田備中守さま……どうして」

思わぬ名前に賢治郎は唖然《あぜん》とした。

「そのぶんでは、思いあたることはなさそうだな」

頼宣が言った。

「奏者番の方とお話をすることなどございませぬ」

小納戸は将軍の居室である御座の間に詰める。奏者番は、白書院、黒書院などで、目通りをする者や献上品の斡旋《あっせん》が仕事で、御座の間へ来ることはない。同じ城中にいるので、一度くらいは見かけたか、ひょっとすれば言葉を交わしたかも知れないが、記憶にないほどである。賢治郎と堀田備中守との接点はなかった。

「堀田備中がなにを考えているか、それはわからぬが、家臣との繋《つな》がりがあるならば、裏で糸を引いているのはまちがいないだろう」

難しい顔を頼宣がした。

「まずいの」

「はい。さすがに屋敷に入りこむわけにも参りませず」

腕を組んだ頼宣と杏斎が険しく眉をひそめた。

「よい。数が少ないのだ。無理はするな」

申しわけなさそうな杏斎を頼宣が宥《なだ》めた。

「堀田備中守さまの屋敷へ参りまする」

賢治郎は今度こそ立ちあがった。

「止めぬが、行くところが違うぞ」

頼宣があきれた口調で言った。

「山本兵庫の家臣を捕まえて、目付に突き出せば、今回の話は終わりましょう」

「突き出せればな」

賢治郎の説に頼宣が皮肉げに口の端をゆがめた。

「……………」

そこまで言われれば、賢治郎でもわかる。

「口を塞《ふさ》がれた……」

「まちがいなくな。生き証人ほど面倒なものはないからな。なにせ、己の悪巧みを知っているのだ。訴えられれば、己がやられる。匿《かくま》うにしても、他人目を避けねばならぬうえ、金も要る。逃がすのも難しい。ここまで揃っていて、まだ手駒をかばうような奴なら、このような手立ては最初から取るまい。余でも始末させるわ」

頼宣が語った。

「では……」

賢治郎は悲痛な顔をした。

「ああ」

厳しい顔つきで、頼宣が続けた。

「深室は潰れる。救いようはない」

頼宣が断じた。

「作右衛門が愚かに過ぎた。なぜ大門を開けたのだ。開けずに外でやり合っていれば、まだ言いわけもできたが……」

「三弥はどうなりましょう」

「女だからな、せいぜい一族預けだろう」

「…………」

賢治郎は唇を嚙んだ。

「気づけ、馬鹿者」

うつむいた賢治郎を頼宣が叱った。

「一族預け、おまえも深室の一族だろう」

「ですが、わたくしは当事者でございまする」

賢治郎は首を振った。ことの発端である山本兵庫を討ったのは、己であった。

「それを誰が証明できる。山本兵庫の家臣どもか。できようはずはないな。そなたが山本兵庫を討ったのを見たとは言えぬからの。そう言えば、主君の仇を討たずに逃げたことになる。卑怯未練のうえに不忠だぞ。誰がそのような輩の証言を信じるか。なにより、逃げた家臣は切腹ではなく討ち首だからな。とても表には出られまいよ」

「ですが、わたくしは深室の婿、連座は避けられませぬ」

「まだ婿入りしていないだろう。そなたは、未だ深室の婿でさえない。嫡男として扱われているだけの同居人よ」

「詭弁《きべん》でございましょう」

賢治郎は目を剝いた。

「嘘であろうが、ごまかしであろうが、深室の娘を助けるにはそうするしかあるまい。わかっているのか。罪を得て潰された家の娘の悲惨さを」

「……いいえ」

賢治郎は首を左右に振った。

「罪人を預かるのは手間がかかる。専用の部屋を用意せねばならぬし、自害をさせぬよう見張らねばならぬ。罪人の食事から、これらの費用まですべて預けられた家の負担だ。そして、預かりものになにかあれば、その責が来る。預けられた家にとって、亡家の姫など疫病神《やくびょうがみ》だ」

「疫病神……そこまで」

頼宣の説明に賢治郎は頬をゆがめた。

「では、どうする。いつ爆発するかわからぬ疫病神を抱えている家が、楽になるために」

「まさか」

賢治郎は息を呑んだ。

「殺しはせぬぞ。預かり者が死ねば、検死の目付が来るからな」

「傷がなければ……」

「わかるようになったではないか。そうだ。やり様はいくらでもある。薬を少しずつ盛って弱らせる。部屋に閉じこめて外に出さない。人は日の光を浴びねば弱るらしい」

「なんということを……」

賢治郎は憤った。

「そんな目に遭わせたいか」

「とんでもございませぬ」

頼宣の問いを賢治郎は強く否定した。

「ならばわかるだろう。どうすればいいか」

「阿部豊後守さまでございますな」

賢治郎が頼れるのは、将軍か阿部豊後守しかいない。とはいえ、将軍が口出しはできなかった。寵臣をかばえば、主君の公正さが崩れる。それは、将軍の権威を崩す。

賢治郎は、家綱に頼るわけにはいかなかった。

「阿部豊後守に呼ばれていたとなれば、帰邸が遅れても問題はない」

執政の求めに応じるのは、旗本としての義務である。目付でも文句はつけられなかった。

「では」

「うむ。長門守、手助けしてやれ」

頼宣が横で控えている三浦長門守に命じた。

「はっ」

三浦長門守が首肯した。

「かたじけのうございまする」

賢治郎は心から、頭を下げた。

「礼は要らぬ。賢治郎、これは貸しだ。いつか返してもらうぞ」

「かならず」

頼宣の言いぶんを賢治郎は肯定した。

三

「乱心者でございました。いきなり屋敷へ打ちこんで参りまして」

「その乱心者はどこにいる。どうして屋敷へ入られた。門をなぜ開けた」

「ちょうどわたくしが帰りましたところで、門を……」

「偶然だというのだな」

「はい」

「偽りを申すな。偶然にしては、外に争いの痕があったではないか」

目付はしっかりと路上に飛んだ血の跡を見ていた。

「…………」

作右衛門の抗弁は、認められなかった。

「詳細を調べるまで、謹慎を命じる」

「そんな……」

冷酷な目付の言葉に、作右衛門が肩を落とした。

謹慎は表門を閉じ、人の出入りを止めなければならない。さすがに食料品など必需品の補給をしなければならないので、勝手口を使って奉公人が出入りするのは黙認されている。が、当主や一門の外出は厳禁であり、月代や髭《ひげ》を剃ることも控えなければならなかった。

「これで全員か」

女も合わせて深室の一族を、一間に集めた豊島が問うた。

「……一門は以上でございまする」

両手をつきながら、作右衛門が報告した。

「偽りを申すな。もう一人おろうが」

豊島が厳しく咎めた。

「あれは、一族ではございませぬ」

作右衛門が否定した。

「娘の婿であろう」

「いいえ。まだ婚姻はなしておりませぬし、お届けも出しておりませぬ」

「確認するぞ。もし、偽りであれば、より罪が重くなる」

豊島が脅した。

「お調べくださってけっこうでございまする」

はっきりと作右衛門が言った。

「調べよう。城へ帰る。後は任せる」

徒目付の一人に命じた豊島が出ていった。

「お父さま」

「………」

三弥に呼ばれた作右衛門が目を閉じた。

「儂は出世したかった。千石取りになる、それだけが夢だった。千石になれば、就ける役目も変わり、さらに上が目指せる」

作右衛門が述べた。

「そのために、幼いそなたに賢治郎を婿として押しつけた」

ゆっくりと作右衛門が目を開いた。

「深室は三河安城《あんじょう》以来の譜代である。家康さまのあるところに付き従い、手柄を立て、六百石いただき旗本となった。しかしながら、戦は消え、手柄を立てる機会がなくなった。儂は武士として生まれた限り、名もなくひっそりと生涯を終えるのは嫌だった。戦国の世に生まれていたら、この腕一つで出世できた。それこそ千石どころか、大名でさえも望めた。それが泰平に生まれたというだけで、かなわぬなど理不尽だと思った。武士は家禄を増やしてこそ、その意義がある。戦で手柄を立てられぬならば、どのような手立てをとってでも……」

作右衛門が声を詰まらせた。

「……父上さま」

三弥が気遣った。

「夢は潰えた。どころか、身を滅ぼすことになった……」

涙を浮かべた作右衛門が、三弥を見つめた。

「悪い父であった」

作右衛門が詫びた。

「いいえ」

三弥がゆっくりと首を左右に振った。

「賢治郎さまを救ってくださいました」

「……消えた夢に、沈む船に、吾が子ではない者を乗せるわけにもいくまい」

作右衛門が小さく笑った。

「賢治郎も吾が出世の手立てとして使ってきた。あくまでも道具として、赤の他人として接してきたのだ。最後までそれくらいは貫かねば、あまりに情けない。これ以上、そなたに嫌われたくもないでな」

「ありがとうございまする」

三弥が頭をさげた。

「そなたに礼を言われたのは久しぶりよ。最近は、賢治郎の味方ばかりで、儂を敵視していた」

「それは……」

言われた三弥が表情を曇らせた。

「よい。女はそれでいい。いつまでも親では困る」

作右衛門が手を振った。

「すまぬ。これでもう、そなたは女としての喜びを得ることはかなわぬ。罪を得た家の娘など、嫁にもいけぬ」

武家の婚姻は家と家のものだ。妾《めかけ》ならまだしも、縁を結ぶことが負にしかならぬ相手を嫁にもらう武家はいない。すでに婚姻を為《な》していても、妻の実家が不祥事を起こすと、離縁するのが武家なのだ。三弥の生涯は、終わったも同然であった。

「いいえ。賢治郎さまを道連れにせずともすむのでございまする」

謝る父に、三弥は微笑《ほほえ》んで見せた。

「……女の顔をするようになったの」

少しだけ不満そうな表情を作右衛門が浮かべた。

「もう……」

「いいえ。あの賢治郎さまが婚礼までに、そのようなふしだらなまねをなさるはずなどございませぬ」

きっぱりと三弥が否定した。

「そうだな」

作右衛門も同意した。

「よろしいか」

親娘の会話を見ていた徒目付が、口を挟んだ。謹慎となれば、親子といえども別室に籠《こ》もり、話をすることも困難になる。口裏合わせを防ぐためであった。

「お気遣い感謝する」

「かたじけのうございました」

作右衛門と三弥が一時の会話を見逃してくれた徒目付に礼を述べた。

「父上さま、決して早まられませぬよう」

三弥が釘を刺した。切腹すれば、武家の罪は償われたとなる。

「せぬよ。これ以上、そなたに辛い思いをさせるわけにはいかぬ。たとえ五十石でも、禄を残す。そのためには弁明を尽くさねばならぬからな」

馬鹿はしないと作右衛門が誓った。

「きっとでございますよ」

念を押して、三弥は自室へと下がった。


老中の下城時刻は八つ（午後二時ごろ）が決まりである。もちろん、多忙な老中の仕事はそれで終わるはずもなく、屋敷に戻っても役人を呼び出して面談したり、書付の処理をしたりと休む間もない。他にも出世や便宜を願う旗本や大名の面会希望も多い。いきなり屋敷へ行ったところで会うのは難しい。

「紀州大納言代理の三浦長門守でございまする」

頼宣から手配を頼まれた紀州藩家老三浦長門守は、御三家の権威をもって、並んでいる旗本や諸大名を押しのけた。

「紀州公相手では……」

待っていた者たちも、頼宣の名前には遠慮せざるをえない。こうして賢治郎は三浦長門守の供に紛れて、阿部豊後守の上屋敷へと入った。

「大納言どのの代理として三浦長門守が参っただと」

阿部豊後守は取次の近習から聞かされて首をかしげた。

「なに用であろう」

面談を求めてくる者の目的を読めないようでは、老中など務まらなかった。出世を願っている者に、お手伝い普請の話をしたりしては、大事になる。それを果たせば望む役職に就けると勘違いでもされてはたまらない。

「話を聞かずばわからぬな。通せ」

阿部豊後守が近習に命じた。

「お忙しいところを……」

「賢治郎、なにをしている」

入ってきた賢治郎を見て、さすがの阿部豊後守が驚いた。

「紀州公のお心遣いで、面談の順番を飛ばさせていただきました。ご無礼の段は平にご容赦を」

賢治郎は深く詫びた。

「そこまでせねばならぬということは、火急の用件だな」

阿部豊後守の表情が締まった。

「はい。私事で畏れ入りまするが、さきほど……」

経過を賢治郎は告げた。

「目付が深室に……」

聞き終わった阿部豊後守が唸《うな》った。

「堀田備中守め、とうとうしびれを切らせたか」

「ご存じでございましたので」

堀田備中守に恨まれる覚えのなかった賢治郎は、思わず身を乗り出した。

「気づいていなかったのも当然か。あやつの直接の狙いは、そなたではなく上様だからの。とはいっても、お命をどうこうしようとしているわけではないぞ。早まるなよ」

阿部豊後守が釘を刺した。

「…………」

賢治郎は応えなかった。

「こいつめ。盲目な忠義は決して上様のおためにはならぬぞ」

「備中守さまの目的によりまする」

制そうとした阿部豊後守に賢治郎は言った。

「まったく危ない奴じゃ」

阿部豊後守が嘆息した。

「備中の狙いは、そなたを排除した後に、己あるいは、己の息がかかった者を押しこみたいのよ」

「月代御髪にでございますか」

「阿呆。奏者番が月代御髪になれるか。備中守が狙っているのは、上様の寵臣だ。父加賀守正盛《かがのかみまさもり》が家光さまのお引き立てを受けたのに倣い、己も出世したいのだ」

「そのような我欲のために、上様を利用しようなど……」

賢治郎は、怒りを口にした。

「落ち着け。今は、そこではない。堀田備中の手にはまってどうする。怒りのままに堀田備中を襲えば、そなたが終わりぞ。証拠はどこにもない。たとえ証拠があっても、上様の側にそのように激しやすい者をおいておけるか。そうでなくとも、そなたは御座の間の小姓、小納戸から睨まれているのだぞ」

「上様のお側から外されると」

「そうだ。馬鹿をしでかせば、儂でもかばえぬ」

「…………」

断言されて賢治郎は、黙った。

「なにより、そなたは上様を信じておらぬのか」

「えっ……」

咎め立てるように言われた賢治郎は唖然とした。

「堀田備中が、上様に取り入ろうとしていると聞いた途端、怒気を発したであろう。それは上様が堀田備中に籠絡《ろうらく》されると思ったからだろう。そこまで上様は頼りないのか、そなたにとって」

「……いいえ」

賢治郎は悄然《しょうぜん》とした。

「寵臣は主君を信じる。第一の条件である」

「恥じ入りまする」

諭されて賢治郎は頭を垂れた。

「納得できたならば、堀田備中など放っておけ。父が先代の寵臣として殉死までした家柄だが、その功績は備中の兄が食いつぶしたからな」

「堀田上野介正信《こうずけのすけまさのぶ》どののことでございまするな」

賢治郎はすぐに反応した。

家光の寵臣のなかでもっとも愛されたのが、堀田加賀守正盛であった。千石から十一万石佐倉藩主にまで引き立ててもらっただけでなく、大老同格とされる大政参与も命じられた。体調を崩したときには、家光から大政参与はそのままに、療養に専念するようとの言葉まで与えられた。ここまで寵愛を受けておきながら、殉死しないという選択はない。家光も加賀守正盛を手放す気はなかったのか、すんなりと殉死を許した。

殉死した家は格別な扱いを受ける。加賀守正盛の跡は、長男上野介正信に許されただけでなく、養子に出た次男と五男を除いた正俊《まさとし》、正英《まさひで》にも分家という形で認められた。加賀守正盛の子供すべてが、なんらかの形で出仕するという栄誉は、譜代名門でもまずありえない。それほど堀田家は重用されたのだ。

それを長男上野介正信が無にした。上野介正信は名門を継いだのにいつまでも召し出されないことに不満を隠さなかった。父が大政参与だったのだ。跡継ぎの己も執政として政に参加できて当然だと公言してはばからなかった。その浅さが忌避《きひ》されたと気づかなかった上野介正信が、ついに切れた。

執政批判の上申書を幕府に出した。それだけならまだよかった。執政批判も罪ではあるが、せいぜい謹慎と減封である。しかし、上野介正信は、その直後無断で佐倉へ帰国してしまった。無届けでの帰国は謀叛扱いを受ける。いかに名門、先代の功臣の家柄とはいえ、咎めを受ける。本来ならば、切腹改易、一族も連座で改易流罪まである謀叛だったが、父親の殉死が効いた。さすがに佐倉藩は潰されたが、上野介正信は弟の脇坂安政《わきざかやすまさ》へお預け、一族は遠慮だけですんだ。

「そうだ。上野介正信の馬鹿で、父加賀守正盛の功績は吹き飛んだ。分家して大名となった備中守正俊の出世もつまずいた」

阿部豊後守が続けた。

「よほどそれが辛かったのだろうな。譜代でも十万石をこえる大名は少ない。井伊《いい》や酒井など徳川四天王くらいだ。そこに肩を並べられた堀田家が、今や二万石に満たない小名。落日の最たるものといえよう。それを堀田備中はもう一度昇らせたいのだ」

「はあ……」

権力や出世に興味のない賢治郎にはそのあたりがわからなかった。

「まあ、我らへの恨みもあるがな。兄上野介正信の失態を救ってやらなかったからの」

「救えたのでございますか」

賢治郎は目を剝いた。無断帰国は謀叛である。いかに執政といえどもそれをかばえるとは思えなかった。

「簡単なことだ。まず上申書はなかったものとする。なにせ、受け取ったのは我ら執政衆だぞ。破り捨てるなど容易《たやす》い。無断帰国とて、病気療養のためとして許可を出した形をとればいい。届けなどどうにでもなる」

「右筆が認めましょうや」

あっさりと述べる阿部豊後守に、賢治郎は問うた。幕政すべての書付を扱う右筆は公明正大でなければならないと賢治郎は考えていた。

「右筆を思うがままに動かせずして、執政など務まらぬわ」

なんでもないと阿部豊後守が告げた。

「…………」

賢治郎はなんともいえない顔をした。

「では、なぜしなかったと思う」

阿部豊後守が問うた。

「わかりませぬ」

すなおに賢治郎は答えた。

「儂や長四郎の、殉死を許された堀田正盛への嫉妬だったと言わなかっただけましだな」

小さく阿部豊後守が口の端をゆがめた。

「そのようなことは……」

「いいや、あのころは散々そう言われたわ」

否定した賢治郎へ、阿部豊後守が苦笑した。

「生き恥をさらした二人が、死んで名誉を得た加賀守正盛の名前を消そうとしたと、城中でもちきりであったわ」

思い出したのか、阿部豊後守が嘆息した。

「そのていどのことをしかねないと思われていたかと知って、無念だったぞ。わかるだろう、そなたならば」

「はい。後を頼むとお二人を選ばれた家光さまのご見識を疑うものでございますゆえ」

「そうだ」

吾が意を汲《く》んだ賢治郎に、阿部豊後守が首肯した。

「ではなぜ許さなかったか。それは殉死を禁じようと考えていたのだ、我らは」

「それは……」

賢治郎は驚愕した。殉死は忠義の発露であり、寵臣の誉れであった。

「考えろ。人はかならず死ぬ。こればかりは、庶民も上様も変わらぬ。寿命の長さはあるが、死は避けられぬ運命《さだめ》である」

「はい」

「主君の死でお供をする。家臣としてこれほどの忠義はない。だが、考えて見ろ。主君が死ぬと同時に、寵臣が殉じては、人材に困ろう」

「人材に困るとは」

「主君に愛されるほどだ、有能であろう。まあ、なかには阿諛《あゆ》追従だけで寵愛を受けている者もいようが、ほとんどはものの役に立つ。政などで活躍している者が、いきなりいなくなるのだぞ。その混乱はどれほどだと思う。我らはそれを経験した。堀田加賀守正盛、阿部《あべ》対馬守《つしまのかみ》重次《しげつぐ》ら執政がそろって欠けるのだ。その後始末がどれほど大変かわかるか。新たに老中を任じたところで、すぐには使いものにならぬ。事務はまだいい。教えればできるようになるからの。問題は培ってきた人との繋がりじゃ。加賀守正盛だけの繋がりでもっていたものが切れるのだ。それを探しだし、再構築する手間がな」

　大きく阿部豊後守が息を吐いた。

「主君の死に殉じたいという気持ちはわかる。余もそうだったのだ。余と長四郎が、殉死を禁じられたときの落胆はわかろう。そなたなら」

家綱から殉死を禁じられると考えただけで、賢治郎は震えた。

「許された加賀守正盛と対馬守重次を妬《ねた》んだが、そんな気持ちはすぐに吹き飛んだ。事後処理は、個人の感情を維持できるほど暇ではなかった。精根尽き果てた。殉死ではなく、過労で死にかけたぞ」

阿部豊後守が首を小さく左右に振った。

「これで我らは悟った。殉死は忠義ではないとな」

「なぜでございましょう」

「亡くなられたあと、殉死者が多く出て政が乱れては、上様のお名前に傷が付くぞ。寵臣はなにがあっても、主君を守らねばならぬ。死後もそのお名前をもりたててこそ寵臣であるとな」

尋ねた賢治郎へ、阿部豊後守が語った。

「殉じられず、生き恥をさらしているとか、死を恐れた卑怯者とかの誹《そし》りなど、どういうことではない。寵臣にとって、仕えた主の悪評ほど辛いものはない」

「わかりまする」

賢治郎も同意した。

「できる者を死なせてはならぬ。だからといって、説得できるものではない」

「…………」

無言で賢治郎は首肯した。殉死には純粋な忠義から出るものと、殉死者の家族は丁寧に扱われるという勘定からおこなうものがある。想いに大きな差はあるが、どちらにせよ本人の気持ちなのだ。人の気持ちを止めるのは難しい。

「また有為の者ほど、死にたがる。ゆえに我らは殉死を禁じようと思う。長四郎、いや執政として扱うべきだな、松平伊豆守も賛成していた。殉死した家は潰す。こうでもせぬとなくならぬだろうと」

「潰す……それでは忠義はどうなるのでございまする」

「生きて尽くせ」

迫った賢治郎に冷たく阿部豊後守が言った。

「そんな……」

「今から考える話でもあるまい。上様はまだまだご長命である」

「はい」

家綱を出されれば、賢治郎は治まるしかない。

「話がそれた。深室のことだが、目付が入った以上、老中といえどもどうにもできぬ」

「やはりさようでございますか」

賢治郎も予想はしていた。

「とはいえ、そなたを救うことはできる。今から余は登城する。上様にお目通りを願い、そなたを別家させる。幸い、そなたは上様のお召しで小納戸に出ただけで、深室のものとして出仕したわけではない。深室からも縁組みの話は出ていない。そこを利用する。そなたは、深室家に間借りしていただけだ。よいな」

深室と関係なければ、目付といえども手出しはできなかった。

「それでは、作右衛門どのと三弥どのが」

「作右衛門は難しいが、三弥は女だ。謀叛でないかぎり、罪を与えられはせぬ。せいぜい親戚預けだ。その後引き取ってやればいい。その辺は、余が差配してくれる」

旗本の誇りは罪を受けるときの態度にも出る。嫌っていた婿の手で助かったとなっては、世間を歩けない。

「かたじけのうございまする」

かなりの無理をしてもらうことになる。賢治郎は頭を垂れた。

「わかったならば帰れ。目付からなにを言われても、余に訊けと突っぱねよ」

阿部豊後守が指示した。

「わかりましてございまする。では、これにて。なにとぞよしなにお願いをいたしまする」

もう一度深く礼をして、賢治郎は立ちあがった。

「一つだけ気を付けろ。目付はそなたに山本兵庫のことを詰問してくるぞ。どう迫られても応じるな。相手をするな。意識せよ。松平主馬に義絶を届けさせたのも、目付の注目をそなたに集めるためだ。義絶騒ぎに、山本兵庫の顚末、そこへ深室家の問題と三つが重なっている。目付は、そのすべてにかかわったそなたを簡単にはあきらめまい」

目付でぬきんでた業績を残せば、後の出世は確実なものとなる。間にいくつかの役目を挟まなければならないが、末は町奉行まで届く。町奉行となれば、幕府の政に参加することもでき、加増も大きい。

「逃げ口上が許されましょうか」

目付には旗本を監察する権がある。賢治郎が危惧した。

「今日一日でいい。山本兵庫の一件は上様のお心に沿わぬとして、決着が付いている。それを蒸し返すには、よほどのことがなければできぬ。よほどのこととは、そなたが自白するか、信頼できる目撃者が出るかだ。堂々としておれ。明日にはすべての手続きは終わる」

「はい」

阿部豊後守の指示に賢治郎はうなずいた。

「帰れ」

「ご免」

賢治郎は阿部豊後守の屋敷を出た。

「登城いたす。用意をせい」

阿部豊後守が大声を上げた。

「先触れを出せ。老中の急ぎ登城だとな」

天下の政を差配する老中には、いろいろな特権があった。その一つに駆け足で登城できるというのがあった。そしてその行列を遮ることは許されていない。

「はっ」

近習が駆け出していった。

「これで話が進む。今まで上様と賢治郎は、互いを離したくなくて動けなかった。しかし、こうなれば安閑としているわけにはいかぬ。一つまちがえれば切腹だ。さすがの上様も、賢治郎も肚をくくるだろう」

一人になった阿部豊後守が呟いた。

「見ない振りをすることで波風を立てなかった湖面に、石を投げこんでくれたようだな、堀田備中。手立てはあまり賢いものとはいえぬが、その執政への執念は見事だ」

阿部豊後守が暗い笑いを浮かべた。

「悪辣な手立てでも、目的を果たすためにならば使う。これは執政に必須の素質だ。もう少しうまくしてのければとは思うが、昨今の大名どものなかでは出色だろう」

「御駕籠の用意が整いましてございまする」

廊下から近習の声がした。

「うむ」

応じて阿部豊後守が腰をあげた。

「時期を見て、若年寄に推挙してやるか。賢治郎とは真逆な性質だが、それもよい。熱い賢治郎に冷えた備中、大手攻めの賢治郎に搦め手攻めの備中。上様のご治世を支えるにちょうど良い組合せかも知れぬ」

阿部豊後守が独り得心した。

この作品は徳間文庫のために書下されました。

徳間文庫

お髷番承り候九

登《とう》竜《りゅう》の標《しるべ》

2014年10月15日 初刷
2021年11月25日 4刷

著者 上《うえ》田《だ》秀《ひで》人《と》

発行者 小宮英行

発行所 株式会社 徳間書店

東京都品川区上大崎三―一―一 〒141―8202
目黒セントラルスクエア

電話 編集〇三(五四〇三)四三四九
販売〇四九(二九三)五五二一

振替 〇〇一四〇―〇―四四三九二

印刷 本郷印刷株式会社

製本 ナショナル製本協同組合

ISBN978-4-19-893893-2 (乱丁、落丁本はお取りかえいたします)